有我在

这个世界，我知道有你在！

Peter Su　图·文

中国出版集团　现代出版社

序

一直到现在，我始终相信一句话：“一切都是最美好的安排。”

这两年我自己的生活里发生了许多变化，忙碌的工作几乎逼着我试着超越时间的脚步。有段日子里我很害怕自己，害怕那个曾经期许自己的模样会被忙碌的生活消耗殆尽，无论是面对现实生活中的压力，还是网络上陌生人给予的挫折。

某天我想起自己心里说了许久的事，于是我任性地让自己停下了脚步，跑去师大念心理学，报了驾训班考驾照（这件事我说了有 10 年之久），甚至在那时候我遇见了三立电视台的制作人，就这样当了半年的旅游外景主持人；其间我去了许多自己这一辈子可能都不会去的陌生角落，甚至到了连听都没听过的国家，遇见了那些这一生可能只见这么一次的人。而在这短短的 6 个月里，我才突然想起那个曾经可以不顾一切为了旅行而出发的自己，那些曾紧握在手中的梦想，全被时间深埋了起来。

不想让现在的自己对未来的那个我留下遗憾，我决定要为自己好好出发旅行一场（我称它为追寻之旅），也在这个时候，我遇见了这趟追寻之旅重要的朋友：台湾 agnès b. 的小道和他的团队。因为彼此对于未来的想象一样，我也就这么被鼓励踏上了追寻那段曾深埋在心中的梦想的旅途，好几次我在路上被突然映入眼帘的画面感动得无法言语，每一次的屏息都像是对生命画下了成长的刻度。

某天，我站在喜马拉雅山脉的一个小山谷，望向远方山头上的雪，我想起了好久好久以前的自己，我知道这一路走来，都是那个时期的自己保护着我。每当我遇上了挫折想放弃时，他便会在那一个又一个深夜里，陪我躲在房间里坚持，爱又去讨厌这所有的一切，也因为这样，我开始有了写这本书的念头。或许你也和我一样，一路走来这么坚强，心里肯定也很累吧，也有很多感受想要释放吧。

如果我们都能勇敢到愿意抛下过往的一切，开始一趟寻觅真相的旅程，重新好好为自己活一遍，将路上发生的一切视为线索，当旧的篇章被翻过，新的篇章自然便会开启。

无论终点将去向哪里，我想在它来临之前和你说声：“有你在就好。”

献给十六

UNITED STATES

美 国

突然想念那天来不及在天黑前抵达的悬崖边，
摸黑走出有熊的森林，大火愈烧愈烈的重生季节，
公路上跑过的郊狼，美洲狮出没的脚印，
抽到陌生人 11 年从未放弃的签，
一个没有信号却让人不想结束的世界。

突然好想你，所以还舍不得睡。

嘿 自己—
不知道收到這張明信片的今天.
你的狀態如何？這幾天還過得去吧.
我知道這一路以來.你也過得很辛苦.
那些沒說出口的話.希望都在這消散了.
無論如何.我們還是一起回到八年前的這裡—.
看似沒有改變的城市.卻都換了新的故事.
接下來還是要繼續努力地朝想去的地方前進啊.
P.S. 下次帶爸媽一起來玩！
P.
2017.09.02.

United States　美国

当你慢慢地适应了生活环境，那些过程变成了平淡无奇的日常，缅怀过去并不能将它召唤回来，只有逐渐放下过去，你才有机会重新开始。

浴火重生的季节

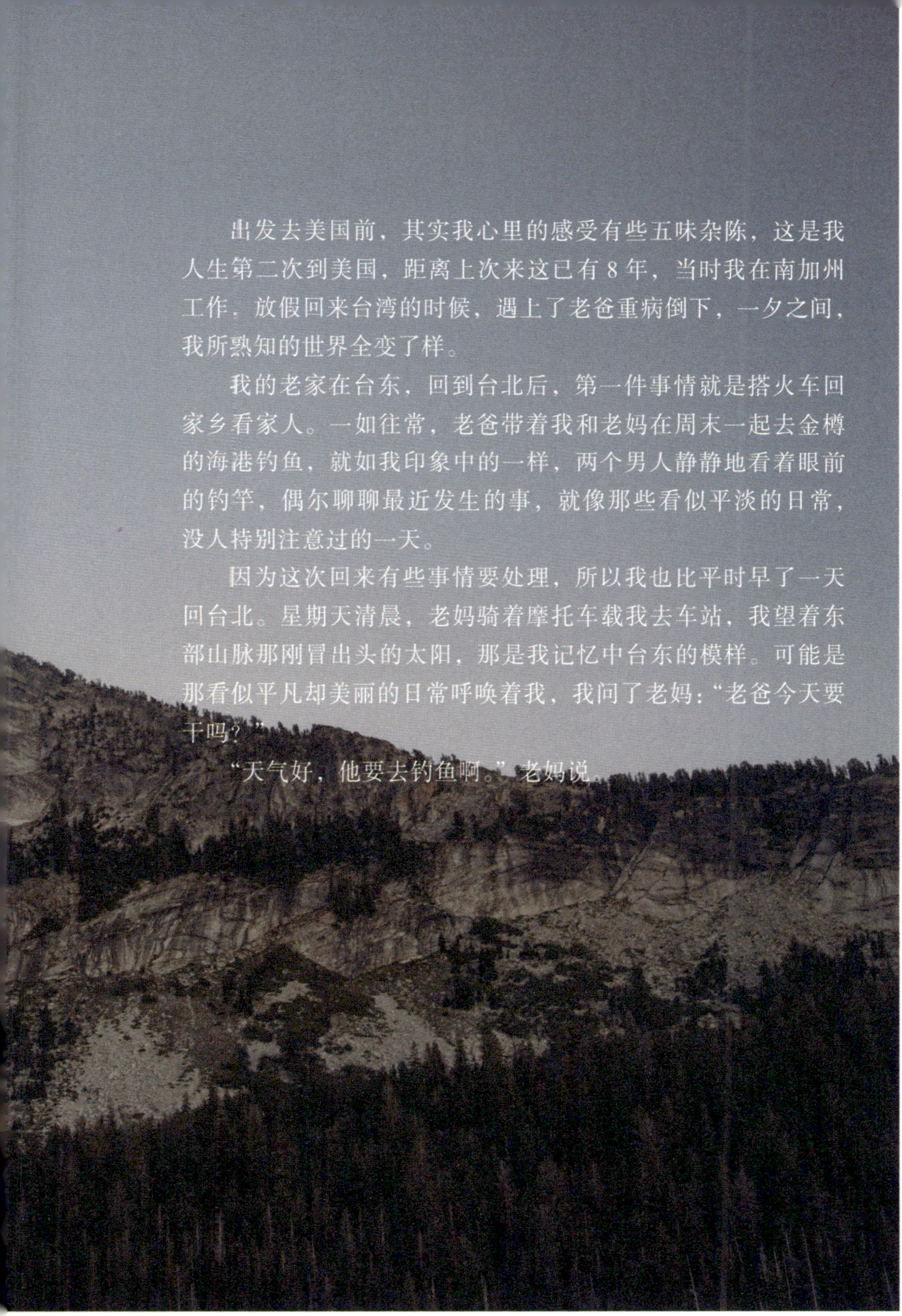

出发去美国前，其实我心里的感受有些五味杂陈，这是我人生第二次到美国，距离上次来这已有 8 年，当时我在南加州工作，放假回来台湾的时候，遇上了老爸重病倒下，一夕之间，我所熟知的世界全变了样。

我的老家在台东，回到台北后，第一件事情就是搭火车回家乡看家人。一如往常，老爸带着我和老妈在周末一起去金樽的海港钓鱼，就如我印象中的一样，两个男人静静地看着眼前的钓竿，偶尔聊聊最近发生的事，就像那些看似平淡的日常，没人特别注意过的一天。

因为这次回来有些事情要处理，所以我也比平时早了一天回台北。星期天清晨，老妈骑着摩托车载我去车站，我望着东部山脉那刚冒出头的太阳，那是我记忆中台东的模样。可能是那看似平凡却美丽的日常呼唤着我，我问了老妈："老爸今天要干吗？"

"天气好，他要去钓鱼啊。"老妈说。

听完后，我便继续望向远处那迷人的景象。

抵达车站后，不知为何心中冒出了一个念头，我叫老妈等我一下，转身跑去柜台换了一张最晚的车票回台北。回来后，我开心地和老妈说：“走吧，我们去陪爸爸钓鱼。”

背着一个大背包的我，买了一份老爸最爱的那间早餐店的蛋饼和红茶，偷偷地到渔港想给他一个惊喜。我爸超爱面子，虽然没有表现出很惊讶的神情，但从他看我的眼神和微微上扬的嘴角，知道那是他开心你回来的唯一言语，因为下次再见到面又不知道是什么时候了。

回台北的几天后，我在半夜接到了电话，老爸因为高烧休克住进了加护病房，最后因为两次脑中风的关系，这 8 年以来无法自理，只能坐在轮椅上被人照顾，而在那一天之后，我也便没再去过美国。

我从来没有想过，那看似平凡的一天，竟是我和老爸最后一次在那熟悉的渔港钓鱼。

望向车窗外优胜美地的山谷，我突然想起了 8 年前的那一天，为了不影响大家的心情，一路上我努力地抑制心中那悲伤的情绪，尽量找些话题来转移注意力。看着其中一片被烧过的山坡林地，我好奇地问，这是人为的还是自燃的？朋友们告诉我，有可能是自燃的，有时候，森林会通过自燃的方式去除不必要的东西，维持生态系统平衡，这样才能再长出健康的树。听完之后，我不禁感叹大自然的奥妙。

在我们开向半圆丘（Half Dome）的路上，遇到了交通管制。沿途树林里的地面上飘着一阵阵的白烟，可能是天气太干燥的关系而开始燃起火苗，不过只是轻微的燃烧，火势并没有蔓延，我们就这样一路感叹着大自然神奇的力量前进。

在观赏完壮观的半圆丘后，已接近黄昏，因为我们住在距离优胜美地车程一个多小时的外围，沿途山路崎岖，我们并不熟悉路况，所以决定早点回去比较保险，结果返回的途中又遇上了交通管制，当时只能卡在车阵中缓慢地前进。约过了 40 分钟后，天也开始变黑了，车子终于可以以正常的速度前进。突然间我们看见前方左边的森林冒出红色的火光，迎面而来的是一阵又一阵灰黑色的浓烟，能见度非常低的状态下我们只能减速前进。但是火势像是发狂般加速蔓延，只有几分钟的时间，原本漆黑的整条山路全被大火照耀成一片血红色，一台台消防车停在路边，消防人员全副武装地冲进森林里控制火势，坐在车内的我们明显感受到外面一股热气冲了进来，而浓烟也早已开始从车上所有的洞孔飘进。站在一旁的消防人员用力地朝车阵指挥着，当下感觉就像是电影灾难片一样，所有的人拼了命地朝着唯一的出口逃亡，一路上，所有的感受全被恐惧吞食着。

结果那一晚，我们还是摸着黑开过崎岖的山路回家，我望着后视镜那渐行渐远的红色火光，随着距离慢慢地拉开，回到山谷里的路上时，我试着想看清楚窗外的景象，却只剩一片漆黑。突然间我意识到了此刻的我在美国这件事。8 年前的那天之后，我从来没想过自己会再回来这个地方，这个让我想起过去的国家。

人有时候很奇妙，在那些过于深切的伤痛事件里，我们会自动地将事件周围的所有连接隐藏起来，就像是钥匙一样，不让这伤痛的大门有机会被开启。但我始终认为，人的大脑有个很神奇的机制，那些过于深切的伤痛虽然会被深埋着，但当我们逐渐适应了当下的生活后，某天看似平凡的日常里，你将主动地握起一把钥匙，并不是因为等到你懂了些什么，而是像那场森林大火，为了回到生命里的平衡，必须将放不下的过去给燃烧殆尽，让新的未来开始生根发芽。

长大后发现，很多事情确实是无能为力的，
就像掉到地上的冰激凌、洒到衣服上的咖啡、选择背弃你的人，
绝了心离开的他和他们，
在结束之前你尽了全力去尝试却还是得到一样的结果，
你问我该怎么办，我想，现在的你唯一能做的就是照顾好你自己，
那些无能为力的事已经和自己没有关系。

东西掉就掉了，不要再哭了。

United States 美国

020

旅行时，我喜欢看着当地居民过着平凡的日子，
其实和我们的并没有不一样，那时候才发现，
我们常常忽略的当下往往才是最美好的，
而当你将那些被辜负的时光从记忆里拎出，
望着眼前的蓝天太阳，感叹它原来才是最好的。

你绕过了地球大半圈来到了这个陌生土地上想找到什么答案，
结果最好的永远都在身边。

每次都抢着第一的你，这次还真让你如愿了。到了那里别老是忘了睡觉时的被子，别总是渴了就喝冰水，花园里的花，我会帮你照顾好，以免哪天你跑来我的梦里念我一顿。亲爱的，你好好地睡吧，我晚点就去找你。

知道吗？思念如果有声音，在天上的你，肯定尴尬地大笑着呢。

有一派的人说，总要经历一些黑暗和心寒，才能将人心看得明白；
另一派的人说，经历了光明和温暖才能去领悟人心里的本质。
但我总在想，没了黑暗和心寒，还有谁能知道光明和温暖的存在？
正因为你将那所谓“正面”和“负面”的经历全盘吸收后，
才得以拥有自由的空间去作出自己的选择。
人心，永远都不是只有一面就能看得明白的，对我来说，它缺一不可。

你要知道，“喜欢”和“不讨厌”之间，
终究还是差了一个天地之远。

突然想起好几年前，爸爸生病后昏迷了好几天，
医生说，或许会造成脑部的记忆力受损。
坐在医院长廊的我担心他睁开眼后再也认不得我，
当时我心里想着，人生若只如初见，
如果有一天你把我给忘记了，
那也不要紧，我们就回到第一天相识吧。

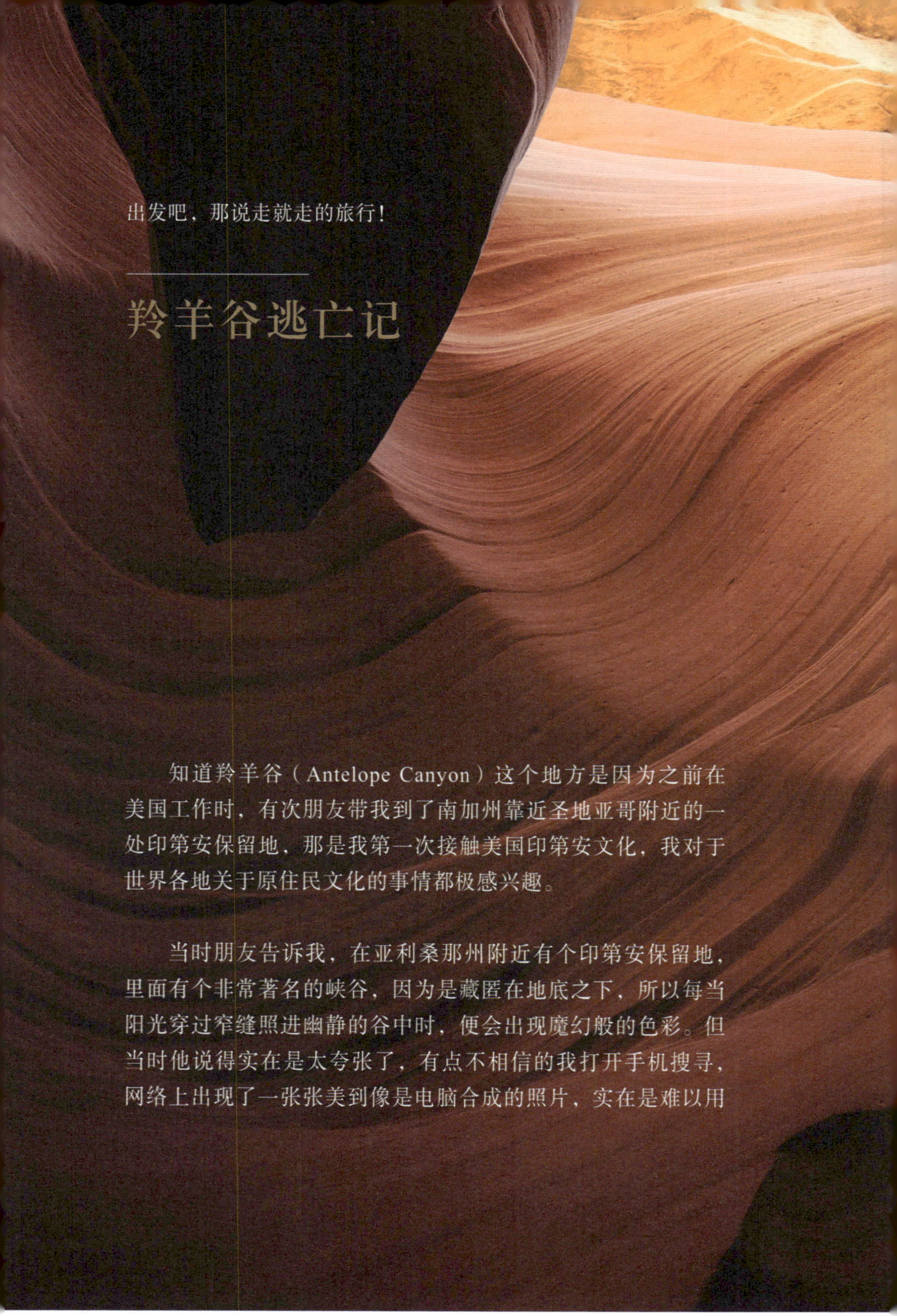

出发吧，那说走就走的旅行！

羚羊谷逃亡记

知道羚羊谷（Antelope Canyon）这个地方是因为之前在美国工作时，有次朋友带我到了南加州靠近圣地亚哥附近的一处印第安保留地，那是我第一次接触美国印第安文化，我对于世界各地关于原住民文化的事情都极感兴趣。

当时朋友告诉我，在亚利桑那州附近有个印第安保留地，里面有个非常著名的峡谷，因为是藏匿在地底之下，所以每当阳光穿过窄缝照进幽静的谷中时，便会出现魔幻般的色彩。但当时他说得实在是太夸张了，有点不相信的我打开手机搜寻，网络上出现了一张张美到像是电脑合成的照片，实在是难以用

简单的文字形容，有评论称它是“被上帝抚摩过的地方”，这句话真的不为过。

于是我们便计划了一趟探险之旅，只是后来因为我在台湾发生了一些事情，那趟旅行也就没成行，羚羊谷在我的心中，一直是一个尚未踏上的梦幻之旅。

事隔 8 年，我终于又有机会来完成当初心中所期盼的旅行。在网络预约好了预计前往的日期和参观时间后，一伙人便满心期待地到那魔幻般的地底世界。羚羊谷又分为上羚羊谷和下羚羊谷，上羚羊谷曾因一张世界知名的摄影照片而得名，所以大多数的游客都往这儿走。经过讨论后，我们选择了下羚羊谷。

因为这里为纳瓦荷（Navajo Nation）原住民保留地，参观的旅客都必须由纳瓦荷族人导览引领，抵达羚羊谷的入口外的集合处后，必须先到柜台购票，票价又分为一般观光团（27 美金 / 人）和摄影团（约 50 美金 / 人）两种，两者的区别简单来说是：一般观光团为一小时，摄影团参观时间为两小时，摄影团的向导除了会详细介绍历史外，还会告知每个适合拍摄的地点；拍照时会为你清场，禁止其他团的游客走动。

因为这次旅费有限，大家决定选择一般观光团就好，除了拍照以外，我们还是希望可以多花一点时间用“眼睛”好好观赏。

到了要出发的时间，我们便和其他游客在向导的带领之下，成群结队地走向了接下来的“噩梦奇幻之旅”。由于下羚羊谷地形特殊且较深，必须从陡峭窄小的楼梯往下走至 50 米处。在我们抵达了楼梯口附近时，眼前早已挤满了一团又一团的游客，目测还没下去的游客就有六七十人，每一团的头尾都会站着一位负责该队的向导。因为我们是走在我们团的最尾端，跟在我们后面的是另外一团来自其他国家的大妈们，所有的人都非常期待要赶快下去一睹羚羊谷的风采，所以当我们快走到楼梯时，后面便开始出现了向前推挤的状况，向导发现后便赶紧出面制止，无奈的我们也只能紧抓着栏杆一步一步依照顺序往下走。

抵达谷底后，所有的人都纷纷拿起手机、相机拍下眼前的奇幻美景，随着太阳的移动，光线在每一刻都和峡谷发生着化学效应，螺旋状的岩石像是突然披着红色的外衣，又在下一秒换上了紫色的薄纱。如果你问我世界上最美的地方在哪里，羚羊谷一定会是其中之一。

约过了两分钟后，向导们便纷纷赶着所有的游客往前，一瞬间我才发现这个几乎只能一人行走的窄小峡谷，竟然塞满了来自世界各地的游客，热闹的程度大概类似过年时的台北迪化街。所有的人像是被赶着走的羚羊一样往前进，因为能停下拍照的时间不长，所以简单地拍下几张后，我们便好好地观赏眼前那变幻莫测的美景。只可惜，每当正想好好观赏时，大妈们就会以洪水般的姿态冲向我们，让原本站在这数百万年幽谷里的我，瞬间和每一秒都在变化的光影失去了连接，留下的只剩那嘈杂的推挤声。

就这样，我们一群人在半推半挤之下，逃出了这充满魔力般的峡谷，在最后的出口处我们爬上了陡峭的楼梯来到了一望无际的砂岩地带，我和友人们相互对视后，都忍不住大笑了起来，没想到原本心目中那期盼的梦幻之旅，最后落得了这样的下场。

那一天之后，我才理解所谓“有些事物，保持些距离或许才是最美”这句话。

离开的人越来越多，
还留在身边的那些人也越来越重要。
愿我们到了那段日子后，
也能像他们当年陪着我们那样地陪着他们。

出发，一趟疯狂的旅行，
才是我们活着的美好模样。

我们也都长大了，应该要多学着用心看人，
而不是用眼睛。而对某些人，
请不要把对方当傻瓜，
有些事不是不知道，
只是选择看在眼里，放在心里。

我们都不是圣人，也无法永远维持正面的态度，
谁都可以管好自己的情绪和嘴，
帮不了别人但不任意去伤害他人，
可能就已经是我们这辈子做过最正面的事了。

有种旅行的美好是，
在不经意的巷弄里看见如诗般的美好风景，
一股说不出的感动涌上全身上下的毛孔。
我想我就是那种可以因为小事而感动很久的人。

那天，我站在世界中心呼喊自己，
像个疯子一样声嘶力竭地呼喊着自己，
想在快被这世界伤害到忘记自己之前，
想起心底那个曾经答应自己要去的地方，
再给自己一次机会去开始新的篇章。

United States 美国

结束也是开始。

163 号公路

电影《阿甘正传》中有一个场景是在163号公路拍摄的，阿甘沿着公路奔跑，孤身穿越美国的精神感动了许多人。我很喜欢的一部电影《我的蓝莓夜》，诺拉·琼斯（Norah Jones）为了找回迷失的自己，也曾走过这段公路。

但之所以我会踏上这段旅程，并不是因为想一睹电影里的风采，而是想去看看这路上，是否真的如她所说的："结束也是开始。"

这件事情发生在我一个非常要好的朋友玉子身上，2016年他们几个人一起去了美国，展开一场为期20天的公路之旅，听起来非常吸引人，要不是我当时工作在身，我一定也和他们一起出发。

一起去的总共有4人，玉子、小萱、城城、花花。

出发前，玉子和花花起了些争执，但玉子并没有把它放在心上。当他们沿着 66 号公路抵达亚利桑那州的佩吉市（Page, Arizona）时，那个晚上，可能是喝了酒的缘故，玉子和花花吵了一场非常严重的架。在她们认识的这十几年里，花花承认自己一开始接近玉子并不是真的想和她做朋友，而是因为她也喜欢玉子当时暗恋的一个男生，她觉得或许通过玉子能有机会认识那个男生，花花说，但后来就是真心想和玉子做朋友。当然，当时两人都没有和那个男生交往。

玉子听到这件事的时候，心里受到了一些打击，以她这么重义气的人，我可以想象她在现场崩溃的神情，因为事后连我听到的时候，也迟迟无法相信会发生这样一件事情。小萱陪了玉子一整晚，而城城则是选择支持花花。

因为旅程还没结束，隔天，他们依旧收拾行李前往下一个目的地，一路上，原本昨天还边唱边叫的车内，现在只剩下一片死寂，玉子坐在副驾驶座一句话都没说。当车子开到了 163 号公路时，玉子终于忍不住说："我想下车。"车上所有的人都吓了一跳，但都假装没听见。

"我真的要下车。"玉子又说了一次，开着车的小萱试着打圆场，但看着玉子脸上那从未见过的神情，她决定就让她作出自己想要的决定吧，于是车子便在公路一旁停了下来。那里正好是 163 号公路最有名的一处摄影景点，玉子走到后备厢将自己的行李搬了下来，便和驾驶座的小萱道别，往反方向走去。玉子告诉我，那时候她走在笔直的公路上，远方耸立着在科罗拉多高原上的纪念碑谷（Monument Valley），她想起了自己这十几年付出的所有，便忍不住哭了出来。一路上游客们纷纷对着那三座美丽又孤独的纪念碑谷拍照，而在她的眼里，那不过是一座座旁人不懂的孤独巨峰。

十几年的友情，便在这里画上了漫长的句号。

那天，我沿着眼前笔直的公路来到了玉子曾和我说过的地方，我望着远处那三座美丽又孤独的纪念碑谷，心里想，这条公路究竟承载了多少故事？那些快乐或悲伤的灵魂都曾孤独地走在这高原上，等待某天旅行结束后被释放。我看着那漫长的公路时，仿佛看见了玉子的背影，但在我的眼里，故事虽然在这里结束了，当她选择了走向那一座座孤独又美丽的巨峰时，便也是新的开始。

故事在这里结束，但故事也会从这里开始。

或许，每个人的心中都有一条 66 号公路，你呢？

比别人多走了几段路、路途上被某些人伤害，
这些不见得是不好的，至少你走过的那些路，
可以让自己更确信要去的地方是哪里；
而被那些人伤害，虽然无法磨灭，
但至少它让你知道，接下来只想让什么人走进生命里，
而什么人，我们可以不再浪费自己的生命去迎接。

有时候我也会说得太快而伤害到身边的人，当下的情绪确实难以控制，虽然希望自己可以改变这件事，但每次生气和难过时，情绪依然会出现，所以后来的我开始学习心情不好的时候就少说话，因为我不知道哪些自己以为没什么的话，可能会伤害到在乎自己的人。

学会适时闭嘴有时候比学说话还难，沉默，也是表达情绪的一种方式。

渐渐地发现，自己需要的已不再是轰轰烈烈的爱情，
不是一定要有什么浪漫的桥段，
还是收到什么令人羡慕的礼物，
想要的只是一个不会离开自己的人，
陪自己去看看外面世界的模样，
细数微小的人生日常，如此简单而已。

人们常说有缘再见，却忘了岁月不能总回头，
那些一遍又一遍的下次再见，
最后都在没人注意的时间里，走散了。

United States 美国

在这个孤独又美丽的星球上，每天只开放 20 个灵魂进入，全世界不分你我、国家、种族、信仰、贫富，所有的人机会都一样。

49 号

关于接下来的这趟旅程，绝对是我人生中最难忘的回忆，也是我人生中虽然任性，但也最值得的一次任性。这次美国行的旅程为 19 天，在定好了所有的行程时（包括住宿），我无意间在网络上看到了一张深深吸引我的照片，一个名为波浪谷（The Wave）的地方。

我将它传到群组上和友人们分享，我说，这次我们一定要来这，同行的友人包括我都没人知道这地方在哪里。于是我便展现了我谷歌小王子的本领，一查，发现这个地方并不是说去就能去，必须要抽签才能决定，一天只开放来自世界各地的 20 个名额，10 个为现场抽签，抽中了隔天便可以拿着许可证出发；另外 10 个则是需要在 4 个月前于网络上申请抽签。

距离我们出发美国只剩下两个星期不到的时间，我心里想，那就去现场抽抽看吧。

在美国的许多景点当中，波浪谷算是难度非常高的地方，但并不是说它的健行难度指数，而是抽中签的概率只有 3% ~ 5%，有那么一刻，你问我中乐透还是波浪谷，我的答案是：波浪谷。

我知道，你肯定觉得我疯了。

在网络上找了一些资料，但能找到的旅游相关资讯实在没有太多。1996 年，波浪谷在被一名德国摄影师 Gogol Lobmayr 所拍摄的自然纪录片 *Fascinating Nature* 里压轴曝光后，便轰动了世界各地的摄影爱好者，而那之后愈来愈多的人前来朝圣，美国政府为了保护那里脆弱的地质构造，土地管理局（BLM）便开始采用抽签系统来限制每天的游客人数。

我觉得这是件好事，也让我们一起学习如何爱护大自然给予的宝藏，让美丽的事物能得以延续，无论你有没有要出发，我希望我们都能成为保护地球的一分子。

抽签的地方在犹他州的一个小镇卡纳布（Kanab），刚好距离我们这次要前往的亚利桑那州佩吉市不算太远，从佩吉驾车前往抽签的所在地大约为一个小时。于是我和友人讨论后，决定住在佩吉的那 4 天，选一天去抽签，如果没抽中的话就继续我们原本计划的行程。

抽签的时间为早上 9 点，必须在 8 点半之前抵达并填写申请单，一定要准时，因为时间一到工作人员把门关上后就再也进不去了。我们住的佩吉市和卡纳布有一个小时的时差，为了准时抵达，我们得提早一个小时起床准备。但可能是前一天实在是太累了，所有的人差点起不来，出门时已是佩吉的 6 点半（卡纳布 7 点半），一路狂飙到了抽签的地方。抵达大厅时，里头早已挤满了来自世界各地等待抽签的旅客们，而当时正好 8 点半，工作人员召集了所有人开始认真说明接下来的有关事项。

与其说是说明，不如说是一种丑话说在前头，因为要抵达波浪谷存在一定程度的危险，希望大家可以再三考虑，这里曾有游客发生意外而身亡。

填写申请单前，我们先是讨论谁的偏财运最好就派谁为代表申请（当然不是我）。填完单子后，我们这一组拿到了 49 号，最后现场号码总共有六十几组。简单地说明一下规则，因为现场只抽 10 个名额，我们这一组有 5 个人，假设前面抽中的三组都是两个人，我们是第四组抽中的话，总共人数为 11 人，代表我们必须要有一个人放弃，因为无论你报名的人数是几个，只能有 10 个人可以拿到许可证。

9 点一到，大家便走进了抽签的房间里，小小的空间里挤满了人，我们 5 个人只能站在最靠近门口的地方，而且还必须踮起脚尖才能勉强看见抽签的工作台。站在我身边的一位女士（美国人）说，这次是她和她先生第二次来抽签，上次是两人为一组，但没抽中。这次他们决定一人一个号码，如果谁中谁就去，她说，如果只抽中一个，至少这样我们两个就会有一个人去过。

抽签之前，工作人员会再一次确认每一组的号码并现场报号，最后缓缓地说："如果抽到你们的号码时，请必须清楚地回应让我知道你们在现场，否则就当作弃权，理解了吗？"

可能是现场的气氛过于紧张，我再次和友人确认我们的号码，49 号，我用英文重新朗诵了几遍，生怕一个不小心没听清楚而过号。所有的人开始变得安静，我和朋友说，如果真的抽中的话，我就拿那里的照片来当新书封面。

抽签机器里的号码球开始快速地上下跳动，那感觉就像是你买了唯一的一张乐透，守在电视机前等待中奖结果，因为抽中的概率实在是太低了，当第一个号码出来时，我不以为意，因为根本就不会是我们。

工作人员拿着刚跑出来的号码球，缓慢地说："Forty… nine."

"Forty… nine? 49？"在我脑海里大约有一秒的时间，我重复着工作人员口中说出的号码。

霎时间我抬起了头和朋友瞪着双眼对望，下一刻，我们5个人几乎同时边跳边笑边大声地喊出："YES！"大家开心地抓着彼此的手，一瞬间所有的人似乎都红了眼眶，真的完全不敢相信，我们抽中了，而且还是第一个。

那一天走出抽签大厅，望着眼前那蔚蓝的天空，我再也忍不住想大声呐喊的激动心情，朝着前方的一片空地边跑边跳，就像个孩子一样。在那温暖的阳光下，我想起了旅行里，遗忘许久的悸动。

至今回想起来，心里还是充满着无限的感动。

或许面对人生，我们还太年轻，
所以肯花好长的时间去和一个自己在乎的人冷战；
总以为自己还有一大把的时间，但事实并非如此，现在回头看，
有许多过去浪费的时间只能算是奢侈。
所以现在的我不再刻意装得冷漠，
尽可能地去把握生命里每个美好的瞬间，
不想等到有天真的老得走不动了，连重来的机会都没了。

United States 美国

时间就像个从不迟到的邮差先生，
你写下的故事，终将变成一封又一封的信寄到未来，
所以现在的糟糕是自找的，从不怪谁，
所有的结果，都是曾经的自己为现在所铺下的哏。
回不去的事情终究是徒劳的，
剩下的只能在此刻开始，重新开始，
愿现在的我们，能善待未来的那个自己。

我一直深信一句话："日久见人心，时间是个好东西。"
除了讨厌的故事外，我觉得这句话也适合在一些好的事情上。
起初，每个人来到了这个世上都是孤独的，
我们在人生道路上交集之后再经过时间的洗礼，
彼此有着不同的习惯和想法。
某天，我们在人海里找到了产生共鸣的频率，
某些人如挚友般地出现在你的生命中，那是一份多么难得的珍贵。

如生命里追寻的梦，无论过了多久，有一天终究会抵达，
因为你从未放弃。

波浪谷

隔天一早，我们依照地图上所标注的位置开去，抵达入口处时，碰到了保护区的一位管理员 Henry，他告诉我们进去前，先在本子上填写一些基本资料，大概就是紧急联络人、电话号码、车牌号码等，基于昨天抽签时，已经签过一份“伤亡自负”和“紧急联络人”的生死状，面对这个“简易签到簿”，已经没有任何紧张的感受。

从入口处徒步至波浪谷来回大概需要 5 个小时，美国土地管理局会提供一份用照片加文字说明的地图给你，里面清楚地告诉你，进入波浪谷并没有固定的路线。为了保护这原始荒野，美国政府并没有特别设置永久性的路标，即使有，也可能会因为长年的风沙而淹没，因为手机在里面完全没有任何信号，你只能透过辨识照片里那一座又一座不具名的山丘、石头来找。工作人员告诉我们绝对不要过度依赖 GPS（但我们还是下载了离线地图）。

在接下来的 24 小时中，将只会有来自世界各地的 20 个人，分散在这总面积 178.4 万亩的荒野里（大概是 4.5 个台北市），各自从不同的入口走向目的地——波浪谷。

走在长达 10 公里左右的路程里，放眼望去，空旷的荒野里，几乎都是类似的景象，如果你没有站在对的位置辨认地图上照片里的山丘，可能就会因为一个角度不对而错失了正确的方向，原本谨慎跟着地图上指示走的我们，就因为如此而在里面迷了路。

在我们走了大约两个小时的路程时，大家决定先找个地方吃点东西休息一下，过程中我们遇见了管理员 Henry 也坐下来休息，当我们正在惊叹这里有多美的时候，Henry 突然问：

“你们吃过汉堡排吗？”

“吃过啊。”

“这里只是汉堡排，牛排还在后头呢。”

在这荒无人烟的沙漠里，Henry 把我们一群人逗得开心地笑着。过了一会儿我们便先起身出发，沿途中，我们随着高低起伏的地形攀爬着，仿佛掉入了苍茫的时空里，眼前的景象随着我们愈来愈接近目的地而开始起了变化，身旁的巨大岩石出现了那被时间刻画出来的纹路，我们停下来开始拍照，路过这里的 Henry 见着，只笑笑说：“牛排还在后头呢。”

但我们实在不想就这样放弃沿途的美景，还是多停留了一会儿，随后看着 Henry 走得愈来愈远，我们赶紧跟上脚步。约莫走了 20 分钟，突然间，Henry 在一块有高低差的地形之后消失了，我们走到了刚刚 Henry 最后出现的位置，无论往哪个方向看都找不到 Henry 的踪影，赶紧打开手上的地图朝着山丘的方向前进。我们沿着岩层的方向走了十几分钟，随后转进了一处洼地并绕了非常大的一圈，过了二十几分钟后，我们又走回到了原本的位置。没错，我们竟然迷路了！

眼看时间一分一秒地过去，我们决定先往回走二十几分钟，到上一个山丘的位置重新辨识，可能是因为迷路的关系导致心里紧张了起来，脑海里不禁开始出现一些小剧场。幸好在此刻，我们遇到了另外两个刚从波浪谷离开的旅客，帮助我们克服了种种阻碍，历尽千辛万苦走到了那传说中美到让人窒息的波浪谷。

经过了 3 小时的艰难历程，我们踏上了最后一里路来到了山顶上的一处小山谷，岩层上那一圈又一圈的细致波纹，像极了一道道橘红色的洋流涌动着，就像是被时间定格的一幅画，在无限延长的回圈里，留下了大自然生命里的证据。我们小心地踏在这沙丘上，千万年的时光在脚下流动。当我站在了一处制高点回头望时，难以想象自己站在这片于 1.9 亿年前侏罗纪时期便逐渐形成的巨大红色沙丘上，一个美丽又孤独的她，孤单又灿烂地活着。

不知时间过了多久，静静观赏着的我们又遇见了 Henry，他问我们抽了几次签，大伙难以掩饰心中的情绪，笑着说："一次！" Henry 说，我们非常幸运，2017 年他在园区巡逻时，遇到了另外一个独自前来的旅客，他说那个人抽了 11 年的签，2017 年终于抽中了，因为这 11 年来，他从未放弃自己的梦。

后来 Henry 推荐我们再往上走一点，那里的景观更辽阔。我们来到了新的制高点，随即我和同行的友人说："等一下，你们听听。"突然间大家停止了交谈，我说这就是世界的声音，耳边因为眼前的一片安静而传来了嗡嗡嗡声响的频率。

不知为何，有那么一瞬间，眼前的这片景象让我感到了一股忧郁，但那并非难过的情绪，而是眼前充满生命历程的刻痕在这浩瀚与孤寂的大地上流动着，她用她独特的生命感伤，化作了庞大的温柔力量，提醒着每个来到此地的人类，万物既伟大又渺小的存在，就像是目睹了时光，而时光如她。

小时候，我们可以为了一个限量的东西，
跑遍大街小巷；年轻时，我们可以为了一个人，
漂洋过海去疯狂；
长大后，我们却为了生活，选择了将就。
接下来，
是不是我们越来越懒，
懒得再用尽全力去寻找所爱？

小时候的愿望总是好远好远，
期许着想要了好久的玩具、
未来变成一个理想中的大人；
长大后的愿望却愈来愈近，
无论过几次生日，
总有一个真心的希望，身边的人都能健康快乐。
——致最爱的家人和朋友们

出發一趟瘋狂的旅行
才是我們活著的模樣.

对我来说，幸福就是可以和爱的人一起到处旅行，
吃地道美食，拼命一起变胖，
又拼命一起运动减肥的日子。
爱，就是想和你一起，慢慢变老。

我们都有一段故作坚强的时候，
可我们又不是电影里不用吃饭也不会死掉的英雄，
不用逞强了，偶尔难过是没关系的。

United States 美国

这世界最幸福的一件事莫过于，
当有一天这世界都沦于黑暗时，
有个人安静地走到了你身旁，
轻轻说了一句：“有我在。”

不要觉得谁冷漠，
只是人家暖的刚好不是你，
有很多事情是勉强不来的，尤其是人。

我小小的心脏，装不下太多，
只能装下我在乎和在乎我的人。

漫长的黑夜

“他说他劈腿了。”

挂掉电话的我二话不说，马上骑车冲去找静恩。

静恩是我从小一起长大的好友，基本上我把她当作自己的妹妹一样。2016 年年底她和交往 6 年的男友订婚了，一群朋友浩浩荡荡在信义区附近的高档酒店参加了宴会。订婚礼上，我临时被叫上台致辞，说真的，常常上台演讲的我竟然紧张到脑袋一片空白。我看着站在主婚桌的准新人笑得如此甜蜜，想起了静恩小时候常和我说的一件事。从小她就告诉我梦想有一天可以举办一场梦幻的婚礼，我总是告诉她：“你的梦想不应该建立在另外一个人身上，如果没有另一个人，你永远孤单一人的话，梦想岂不是无法完成了吗？而且最重要的是，首先，你要有个男朋友。”当时单身的静恩二话不说就直接给我一拳，这大概就是我们之间的相处模式，即使吐槽对方认真说的话，也还是一样的信任彼此，因为我们知道，说得再不好听也只是希望对方不要受伤。

站在台下的静恩听完之后哭笑不得，一副作势要揍我的架势，在一旁的亲朋好友也都笑成一团。

最后不知道是哪根感性的神经被开启，我突然间冒出了一句话："虽然我常常开玩笑说你嫁不出去，但今天能站在这里陪着你一起走过这场婚礼，我才知道原来这真的是一个无可取代的梦想。"强忍泪水的我看到台下的静恩也哭得稀里哗啦的。

订婚两个月后，有天我接到了静恩的电话，电话那一头传来了异常严肃的声音，她说男友劈腿了。匆忙挂掉电话之后，我随即骑着车赶去找她，远远地就看到她站在昏黄的路灯底下，一脸失神地拿着手机望着远方。停好车之后我走了过去，静恩什么话都没说，直接将手机递给我看，上面全是她和男友大军的对话记录。大军在信息里清楚地和静恩说自己劈腿的事，他觉得或许自己还没准备好要结婚，并在最后写下了"我真的很对不起你"，便潦草地结束了这6年来的感情。

"借口。"看完后我破口大骂，根本还来不及思考到底要怎么安慰静恩，一旁两眼失神的她继续望着前方不说话，仿佛掉入了一个深不见底的黑洞。于是我站在她身旁一起望向远方，我看着她家楼下对面的公园，心里想，此刻的她看见了什么，还是她什么都看不到了？

过了大约5分钟后，静恩终于开口说话，她说只要他愿意回来，她愿意原谅他。我没想过她会说出这样一个答案，但其实看到她如此难过的样子，我能理解她为何会这么说，因为换作谁都不愿意自己曾经辛苦付出和建立的感情，在一夜之间，只靠一条潦草的信息全部消失。

只是在那样的状态里，究竟是害怕的成分居多还是不甘心的成分居多？我站在昏黄的灯下给了静恩一个拥抱，把答案留在漫长的黑夜里。

PORTUGAL

葡萄牙

都来到了人间，何不去走一趟？
那蜿蜒崎岖的路上，
总有一些事物让你永远无法忘怀。

P，
我大概能理解為何你常說：就去旅行吧。
昨天我坐在卡爾莫教堂附近的廣場前發呆，
看著街邊的電車，嬉鬧的小孩，
他們過著我眼裡平凡無奇的一天，
幾乎有那麼一刻我忘了自己為何在這，
城市的所有正在運轉著，
這段日子裡，我終於感覺到身邊的事物，
或許那就是所謂的「當下」吧！
我不知道明天的自己會如何，
或許又會難過起來吧，但那又怎樣，
難過也是明天的事。
下次我們一起來歐洲玩吧，^^
這裡真的好美。♡
2018.03.12 恩

agnès b.

站在阳光下的我被这么简单的一刻感动着，心里想着昨天朋友问了我为何想来这教堂。哪有那么多原因啊，只要是和爱的人一起去旅行，那个地方便是世界上最美的地方。

爱在波尔图

我会特别注意到波尔图这个城市，是因为一个好友曾告诉我，她和未婚夫订婚后，便开始着手计划来这里蜜月旅行，只不过后来，那趟蜜月旅行没有成行，未婚夫在结婚前劈腿了，婚事就此告吹。在那之后，我陪她出国散心，聊到了接下来的工作计划，她问我什么时候要再出书，我说我想先去旅行一阵子，但是地点还没找好，预计去 3 个月，除了我平常想去的国家以外，这次我想找一个自己平常不会想到的国家旅行。应该说，我对于每段时间的旅行都会有个相近的主题，例如，这阵子我喜欢去爬山，我就会在接下来的每段旅行里，加入这样的行程；而我这次的计划是希望可以走进大自然，所以一开始葡萄牙的城市并不在我的计划名单内。

基于我不会把失恋的朋友当成一个需要被同情的人来看，所以在日常对话里，我会尽量保持一如往常的说话模式，不要让对方一直陷入那过度的悲伤情绪里，我觉得这是我可以给予她最好的精神鼓励，结果没想到随后我问了一句：“所以你为何想去波尔图啊？”坐在我面前的好友突然陷入了沉默，有整整 5 秒的时间，在那样的状态下，5 秒就像一个世纪般之久，有那么一刻，我真的很想敲死我自己，尴尬的我只好假装没事般望向窗外。

回到台湾后的某天，当我在整理旅行的行程时想起了这件事，一时兴起查了葡萄牙的机票，毕竟这里也是欧洲，机票一定很贵，结果没想到正好有航空公司做促销，问了其他预计一起同行的友人后，便决定出发去葡萄牙。或许是机缘吧，也或许是想弥补当时看着窗外时的尴尬。

抵达波尔图时已经是傍晚了，大伙回到住处放好行李后便出门觅食。吃饭的时候，我们讨论了接下来几天的行程，除了个别想去吃的美食和逛的小店外，我都没意见，但有一个地方我一定要去，我想去卡尔莫教堂（Igreja do Carmo）看看。可能是我说得太过突然，其中一位友人好奇地问了原因，我说："其实也没什么原因，只是听说那教堂的外墙有很美的蓝色瓷砖，如果可以的话，可否顺便帮我在那里拍一些照片。"

隔天一早，我们先是抵达了位于波尔图市中心的莱罗书店，这里号称全世界最美的三大书店之一，而且据说我很喜欢的作者 J.K. 罗琳当时在这里当英文老师时，对这间书店深深着迷，而几年后也写出了"哈利·波特"的畅销系列。随着书店的名气愈来愈大，想要前来朝圣的游客实在太多，早在几年前开始，只要想进书店参观就需要购票入场，一张门票 4 欧元但可抵买书的费用，而且由于人实在是太多，连买票都要排队。因为我们并不是在最早的时间进场，走进书店后，里面早已挤满来自世界各地的游客，放眼望去，现场 90% 的人没有在翻书，多是拿着单反相机和手机拍照。

有那么一刻我真的很想直接放弃继续参观，因为人真的多到出乎我的意料。但撇开人很多这件事，不得不说这书店真的好美，处处可见的细致欧式木雕，外头的阳光透进了高挂在天花板的彩绘玻璃，地板还保有早期运书的轨道。最精彩的是中庭那精美独特的曲线楼梯，就像是《哈利·波特》电影里那让人充满无限想象的魔法世界。

在参观的过程里，我们和在店里工作许久的一位奶奶聊起了天，她说起了这间书店的改变，从她缓缓道来的神情、口吻里，我才知道，真正的魔法或许并不在于这间书店的精美装潢，而在于经营者发自内心对于这里的付出和爱。

虽然我不是很喜欢到观光景点，但不知为何波尔图这个城市让我有些好奇，或许是那迷人的百年建筑，也或许是我心里知道，此刻地球的另外一端，曾有人梦想着和爱的人来这座城市走走。

离开书店后，我们散步走去距离不到 5 分钟路程的卡尔莫教堂。站在对街上的我远远地看见了那一大片的蓝色瓷砖，午后的温柔阳光洒在不断路过教堂前的人们身上。走近之后，我细细观赏那用蓝白花砖砌成的外墙，壁画中绘出了天主教的历史故事，每幅瓷砖上的图样清晰可见，阳光之下，像是一道温暖的蓝白色包围着建筑。准备上前拍照时，我看见了一对亚洲游客走到了教堂面前，两人牵着彼此的手，抬头观望着那美丽的瓷砖，女孩将手机拿起和男孩拍了一张合照后，便面带笑容地继续朝着下个街口的方向走去。

那天，我在教堂附近的商店买了一张印有蓝白色瓷砖的明信片，决定写一封信给那位好友：

小恩：

或许我们害怕的并不是难过的情绪，而是往后的日子将成定局，所以我们必须迎接已经发生的改变，就像那句话说的，凡事到最后终将变得美好，如果尚未变好，请相信我，那就是还没到最后。

这里真的很美，连阳光都让你对未知的恐惧有了新的希望。

2017.11.30 豪

旅行的过程里，常常一个人安静下来时，
听到一首歌或看着眼前的画面，
会突然感动得想哭，
想起从前某个以为被自己遗忘的片段而鼻酸。

在那个瞬间突然发现，原来时间早已陪自己走得这么远，
而自始至终陪着自己看世界的，
终究是那个你以为很脆弱却比你想象中还勇敢的自己。

“你做过最奢侈的事是什么？”
“用了一段青春去在乎那些根本不在乎自己的人。”

所以现在的我不愿再肆意地挥霍时间和生命。

一辈子真的很短，好像一眨眼就没了，
所以我想和你一起去看看这世界，
至少在最后可以不留遗憾地说：
“我们一起来过，与青春有关的日子。”

有时人心就像是片汪洋，怎么装都装不满，
但总有个特别的位置你想留给某个人，
过去和未来都安稳地住在那里。

那天好朋友问我：“我们有吵过架吗？”除了小时候比较任性的时候，偶尔发个神经说不想理对方之外，好像没有真的认真吵过架，即使那几次任性的时候也是一下子就和好了。一转眼，也就这样走过了十几个年头。

我想无论爱情还是友情，谁都希望可以遇见一个谈得来，在一起彼此感到舒适，无论是谁发了神经另外一个却可以平静看待，翻着白眼说又发作了却还是不会离开的人。就算有天，真的认真地吵了一架，冷战了之后又假装没事般找台阶传个信息，因为谁都不想再浪费一点时间去讨厌和折磨对方。

愿我们在成长的路上，都能遇见一个这样的朋友，陪着自己走过无数个神经的日子。

致边翻白眼边陪着你我的友情。

或许人生有点遗憾是好的，因为带着这些遗憾活着，往后的日子会提醒着我们，这一次你应该要尽全力去感受，只为了生命里那无限的希望。

深秋

我去过下着宁静白雪的北国，看过了百花盛开的原野，更一天到晚跑在骄阳如火的沙滩小岛。但是在我的旅行经验里，从来没去过一个充满浪漫秋意的世界，明明这么爱旅行，但我就是没有在秋天的时候去过会有季节变化的国度。这件事我在两年前认真地思考过一番，其实并不是没有机会在秋天去旅行，而是我从来都不是一个因为春天到了会特别去赏樱，或是秋天到了所以非得去赏枫的人，这件事并没有所谓的好与不好，可能是我一直以来都害怕人很多的地方，也可能是因为我早期培养的旅行模式已成习惯，只要是旺季的时候就很少旅行（省钱）。

但这件事在我某次到了东京后有了新的想法，当时我并没有留意是什么季节（大概是初冬），只观察旅行期间的温度变化该带什么样的衣服。那天，我从新宿搭巴士前往长野县的一个小镇，当时已接近黄昏，东京的太阳穿越一栋栋的大楼和长街，干净整齐的路面被照成了橘红色。巴士在一个大十字路口待转准备上高速公路时，我回头望向窗外那笔直的街道，沿着马路两旁站立的是一棵棵的银杏，金黄色的叶子被夕阳照得一闪一闪的，可能是季节的关系，树上的叶子已不是那么茂密，大多已散落在地面，还来不及拿相机拍照时，公车就转向了漫长的高速公路。

在那一天，我第一次兴起了想要在秋天旅行的念头，想去看看茂密的金黄色银杏，也想看看那浪漫的鲜红色枫林，于是我开始着手计划隔年的旅行。但每到可以观赏的期间，总是会有无法推掉的工作，连续两年都是这样，当时我想就顺其自然吧，当然后来这件事也就被我给不小心遗忘了。

直到 2017 年 11 月中，我们抵达葡萄牙时，某天在驱车前往埃斯特雷拉山自然公园（Serra da estrela natural park）里的一个小镇的路上，我的手机跳出了一个提醒，上面写着两个大大的字“银杏”！完全忘了 2017 年的这个时候我因为无法成行，便在手机里设了这样的一个备忘录。突然间我望着窗外的公路感叹了起来，车上的友人听了我的故事后，都轻描淡写地说了一句：“那就明年去啊！”回头望向窗外的我心里想着，每次都告诉自己明年再去，到底明年是何时。

不知道是不是因为沿途的景色过于平淡，我也渐渐地随着一片片的丘陵陷入一阵沉默。

过了 4 个小时左右，我们终于开到了小镇山脚下的路口，手机导航不知道是不是想让我们走捷径，我们驶离了大路转进了一条只有一台车宽的田间小路，沿途上我们因为那美丽的田野风光而发出了无数次的惊叹。当车子转出了小路后，我们来到了一个插着自然公园指示牌的路口，而就在我正好忘了刚刚来时的失落情绪时，眼前那通往山上的公路旁站满了一棵又一棵巨大的橘红色枫树，像是披着一件深红色大衣般地站在家门口，充满着温暖的笑容在迎接我们。我像个孩子一样，发了疯般地在那树下来回奔跑，捧起了掉落在地面上那厚厚的橘红色枫叶往天空撒，仿佛想将自己过去深埋已久的遗憾，尽情地随着空中的红叶凋零而散。

原来这就是令人如此着迷的秋天啊！

我站在那深红色的世界里想着。

或许吧，所谓的遗憾，有点像秋末的枫树一样，在凋零前还是依然用自己生命里最后的色彩去点燃人们的希望。

而生命中，有些事虽然错过了，但它总会在另一个地方重新给你。

我喜欢相处在一起时不会担心被彼此束缚的那种舒适，
不用担心要假装任何一种情绪，
不用担心如果今天没联络明天就会消失的小忐忑，
当彼此的阳光，开心就温暖你，不开心就晒死你也不会怎样的我们。

最幸福的，永远都是不用爱的名义去互相捆绑对方。

遗憾的是或许只要一句话和一个拥抱就能和好的事，
如今却成了再也不见的陌生人。
偶尔还是会想起以前曾经要好的朋友，
在某一天的误解后渐行渐远，
那时候的我们没人愿意先主动示好，就这样形同陌路。
小时候的吵架或许一节课的时间就和好了，
长大后却要花好久好久的时间才愿意去面对和好的勇气。

喜欢你的人，即使你说错了话也愿意原谅；
讨厌你的人，你说得再小心翼翼也会感到厌烦。

你不要想太多，很多时候不是你做得不够好，
只是对方刚好没有喜欢你而已。

一个很会胡思乱想，另一个不喜欢解释。
我想这大概也是很多人分开的原因之一吧。
没有谁对谁错，只是角度和立场不同罢了。

我们之间的友谊之所以无可取代，
并不总是永远陪在身边，
而是即使隔得再远也可以透过许多方式彼此分享，
从不会因为距离而感到害怕，
正因为还有你才变得更加勇敢。

Manteigas 23
Gouveia 60
(Seia 69)

无论遇见了谁，发生了什么事，或许都不是偶然，每个在我们周围出现的事物都将成为线索，也许要告诉你些什么，也许会教会你些什么，只要你愿意让它进入你心中的那座城堡里，随时都可以准备开始。

山丘上的移动城堡

从葡萄牙出发去西班牙这件事，完全是因为我一个人的任性，在我们几乎订好所有葡萄旅程的住宿时，我临时在网络上看到了位于西班牙北边的一座非常美的雪山，地图上显示如果从波尔图驾车过去的话大约要 7 个小时。因为这次的行程很松，我们没有过多的安排，于是我拜托同行的友人一定要让我完成这个梦想（因为主要开车的不是我），就在这样的苦苦哀求下，大家迁就了我那喜欢说走就走的任性。

因为路途非常遥远，第一次在欧洲自驾的我们决定早点出发，中间累了就先找地方休息，不用急着赶路。因为我们这次是住 Airbnb，必须和房东先约好大概的时间拿钥匙，所以即使说不赶路，大家还是会担心，如果太晚抵达的话可能会造成对方的不便。

我们大约是早上 9 点吃完早餐后出发的，加上中途休息吃饭，预计抵达的时间是晚上六七点，因为我要负责用手机导航，所以坐在副驾驶座。当我们从葡萄牙跨越边界抵达西班牙时，是一种很奇妙的感觉，我看着地图上那标示的剩余米数倒数，500 米、400 米……100 米，“各位，欢迎来到西班牙！”全车人欢呼了一声 Hola（西班牙文的“你好”，读音为“欧拉”）。

明明前一刻人还在葡萄牙，此刻手机里所有即时通信，无论是天气、还是地图上的公路名称都变成了西班牙文，一瞬间，我们感受到了西班牙的热情，但实际上你环顾了一下四周，感觉并没有巨大的变化。那时候我想，人的大脑真的是一种很神奇的机制，当我们在地图上画下了分水岭，从此之后你便开始学会划清界限，赋予自己对于差别应该要有的感受，但其实我们不还在同一片土地上吗？

其实我也忘了大概开了多久，就在后座的友人开始进入梦乡时，我和驾驶员两人也开始唱起歌来提提精神。因为前方的路开始起雾，我和友人同时看了一下车子仪表上所显示的温度，当时是 11 摄氏度，但随即我们进入起雾的路段时，瞬间仪表上的温度下降到了只剩 1 摄氏度。突然间，眼前的世界变成了一片雪白，所有的植物都因温度降低而覆盖了厚厚的霜。我赶紧拿起相机对着窗外猛拍，而当我们越往前开时，覆盖在植物上的霜也越来越厚，原本在后座睡着的友人也被我们叫醒，就像是做梦一样，原本窗外还是翠绿的景象，再睁开眼来都变成了银白色的世界。

驾车友人问我要不要停车拍照，我看了一下地图上显示目的地的距离，还要 4 个小时的路程，而当时已经是下午 3 点了。就在我还犹豫的时候，友人直接下了最近的交流道，就像是隐藏在迷雾里的一处无人加油站，我们减低车速慢慢地开去了一旁。紧邻在加油站前的是被雪霜覆盖成的一片白色丘陵，一棵干枯的树优雅地站立在远处的山丘上，就像是一处无人发现的城堡。

要不是当时真的冷到让我鼻涕直流，我真的以为我们是不是开进了另外一个平行时空里，永远停留在这宁静的时刻。

我带着相机走了过去，走在那安静的银白色世界里，有时候我会这样，因为突如其来的一段景象而感动着，突然不想说话，只想要一个人。但这跟孤独没有太大的关系，生命中总会有那么一刻你想要留一点时间给自己，独自享受那只有你和世界的时刻。

不知道我们到底待了多久，仿佛我们所认知的时间都变慢了一样，拍完照之后看了一下时间，发现已经 5 点了，大家赶紧上了车赶去目的地。开上交流道十几分钟，我们离开了那浓浓的雾区，车子上的仪表回到了 11 摄氏度，而窗外的景象又出现了翠绿的植物。

至今回想起那段奇幻的旅程，不知为何画面里总是出现山丘上那棵优雅站立的树，一股宁静却又安心的感受停留在那座城堡里。或许就像神奇的大脑一样，我们会在人生的旅程里画下一段又一段的分水岭，你将最深层的回忆放在那个只有你走得进的白色丘陵里。

对了，最后我们抵达住处已是午夜 12 点，好心的房东依旧热情地迎接我们，就像我们越过了边界后所感受到的期待一样。

如果身边没有人，
希望你就是自己最好的依靠。
愿孤单的人，不必永远逞强。
愿这世界与你温柔相待。

我们总迷失于那些我们不曾拥有过的事物，
还有那些早已远去的过往。

“沉默就是一个人最大的哭声。”
有时候难过到了一个极限，
于是一个人去旅行、去看海，
沿途中一句话都不想说。
原来，人失望到了底，
连哭都没了力气。

幸福大概就是那个嘴巴说着你很烦，
到现在还迟迟没有走开的那个。
谢谢我的好友们。

快热的人讨厌孤单；慢热的人害怕背弃。

只有在最深处的黑夜里，
才能看见最闪耀的星星。

环山大雪记

我们这次出发来到西班牙北岸的欧罗巴山（Picos de Europa）。因为网络上中文的旅游资料实在太少，出发前我尽可能地收集所有有用的资讯，最后找到了一个背包客的游记，他所提供的经验为难度中低的健行路线，主要以欧罗巴山为中心环绕一圈，整个走完必须要花两天的时间，也就是说我们得在中间的休息点找到可以留宿一晚的旅馆或山屋。不过我们这次出发前，在网络上查询可线上订房的旅馆全没空房，即使我们刚抵达葡萄牙时，我不定期地在网络上重新搜寻，一样都没有空房。于是讨论之后，我们便决定住在靠近入山处的一间 Airbnb，健行的那两天，我们将行李放在住处，决定冒险先背上两天内所需要的补给品，直接在中间的小镇找临时住宿。

写到这里，我真的要先谢谢陪我一起出发的友人，莫、二姐、肚姐，因为我一时的任性，所以让你们和我一起走了接下来这趟危险之旅，如今我们可以活着回来，真的万分感谢。

抵达入山口前，沿途贴着同一个也是镇上唯一一个出租车司机的电话，我将资讯记了下来，以防我们真的在中间的小镇找不到落脚的地方，至少有个方法可以回来。走到了入山口后，出现了不少游客，但全是欧洲人。当我们走到了第一个古镇时，大多数的游客在观光完后便陆续开始回程，少数的背包客包括我们，在休息之后继续往上走，因为其中一位友人脚程比较慢，所以在我们出发前 20 分钟左右她就先上路。离开前我查看当时的气温约是 10 摄氏度，往上走了大约 15 分钟后，路上开始出现了昨晚下过的积雪。一开始我们还很开心地在一旁玩雪，不过因为山路上的雪慢慢在融化，原本已经不好走的沙土路全变成了湿滑的泥路。这次出发前，我在网络上查了许多资讯，因为 12 月初的季节，这个海拔为 200 ~ 1200 米的环状路线可能会下雪，但网站上所提供的其他资讯和照片并没有说明积雪的问题，所以当时大家仅穿着好走的球鞋。

在海拔600米左右时，我们遇到了一群几乎没有任何装备的当地游客有说有笑地走下山，因为中间可以行走的路非常的窄小，我们只能先停靠在路边让他们先过，其中一位大哥看到我们便大声地说着：“Big Snow!”他大概是看我们一脸惊讶的样子，便拿出手机给我们看在上面拍下的照片，一整片被白雪覆盖的腹地，完全看不见底下是什么。他看着我们脚上穿的球鞋直说：“No! No! No!”因为他们也是穿的球鞋，而且都湿了，当时我们只是尴尬地笑了一下，因为还没上到那片雪地，球鞋就早已湿透了。

山区里，手机早已没信号，我们也无法联系到另一位走在前面的友人，于是我们决定就继续前进吧，如果上面真的状况很糟而无法继续走的话，一定会在路上遇到她，既然一起出门就一定要确定大家都是安全的。

就在我们上升了100多米后，突然下起了雨，大家开始穿上可以防水的外套，但原本保暖的手套因为雨水渗进后，手指因为低温变得越来越僵硬。这个时候我们已经走到了一片雪地，沿着山谷旁的一条小径有着唯一的脚印，我们沿着脚印继续前进，途中友人忽然叫我们往下看，山谷底下的小溪旁有具巨大的动物尸体，可能已经掉下山谷一段时间了，只剩一副完整的骨头。离开后，我想起了在查资料时了解到，欧罗巴山区里有许多野生动物，其中不乏棕熊、灰狼和猞猁，忽然间我心里想，有可能是被其他野生动物攻击的吧。心里的不安感随着不断上升的海拔越来越强烈。

接着我们越过了一座用石块砌成的小拱桥，来到了海拔

900 多米的高度，终于碰到了之前先出发的友人。她说上面的积雪非常深，用手比画了大概到大腿一半的位置（她身高差不多 160 厘米），而且完全没有任何其他人走过的痕迹，应该是说雪已经厚到你分辨不出方位来，而且如果要继续往前走的话必须越过一片森林，因为没有任何的指示，朋友不敢冒险踏入，毕竟谁都不知道会不会一个不小心踩空而掉入那一片雪白的山谷里。

或许是不想拖累大家，友人说我们可以继续往上走看看，她先慢慢回程，就算我们最后决定要折返，以我们的速度应该还是会碰到她。当时已经是下午 3 点左右，距离我们原本要露宿的小镇只需要一个多小时的路程，但如果现在就折返的话，即使我们速度再快都一定无法在天黑之前赶回到入山处。快速地讨论之后，我们决定以安全为第一,四人便开始一路不停地往回走。

途中大家因为湿滑的下坡都摔了不知道多少次，但还是尽量保持同样的速度前进。很快地，当我们走回到了第一个休息的古镇时，天色已经开始变暗，从古镇到入山处大约还有一个半小时的路程。我拿出了唯一的头灯挂在帽子上以备不时之需，因为山路狭窄加上天色已转黑，只要一个不小心，我们都可能会掉入没有任何栅栏保护的山谷底下，而且在那寂静的黑夜里，如果有任何人掉下去，可能都还来不及发现，人就消失得无影无踪了。于是我们重整了队伍，因为二姐适应黑夜的视力很好，所以走第一个，肚姐走第二个，我第三个，莫在最后，我用头灯帮忙照亮前方的路，因为肚姐脚程比较慢，所以我想跟紧她一点比较安全。

大约过了40分钟，天色已转成了全黑，如果关掉头灯，完全是伸手不见五指的状态，加上地理位置的关系，当时也没有任何的月光，在其中一个断崖的急转弯处，因为比较危险，我便先停下帮忙照明。可能是走了一天身体开始疲劳，突然一阵头晕后，重心不稳的我往左边晃了两下，赶紧用登山杖支撑后，转头一看，当时我离悬崖边只有半步距离，有那么一刻，我明显感受到心脏大力跳动的力道。赶紧走回路中间的我，可能是肾上腺素上升的关系，回程的路上变得非常清醒，原本早上还很雄伟壮观的山壁景象，现在全变成了荒僻凄凉的地方。

好不容易，我们终于摸黑沿着山谷旁的小径，一步一步地回到了接近入山处的谷底。站在最黑的深处，我们一行人抬头仰望着肉眼就可见到的银河，每颗星星都在黑夜中闪动着，有那么一刻我感受到身为人而活在这世上的快乐，即使只是这么简单的一幕，也能感动全身上下的细胞。

出山前，走在最后面的莫问我觉得这里如何，我说比我想象中的还要美。

他问我想再来一次吗?

“会吧。”我说。

停下脚步的我，抬头看了一下那像是不小心打翻的珠宝盒般的星空。

虽然没有完成心中期盼的环山路线，但我想它势必成为我这段旅途里最美的一次际遇，因为这次的不完美，而让我在谷底最深处看见了最迷人的星星，也留下了下次再相遇的伏笔。

而我想，这或许也是旅行里，最难能可贵的一课。

有时候，你可能要花上一大段的时间才能去感动一个人，
但往往只要一句话就能伤害一个人，
说到底，人与人之间的信任是脆弱的，
如果恰好你手里握着信任，
请别轻易将那份得来不易的信任给击碎。

这几年我学到了一个很重要的课题，
什么事都要尽善尽美其实是一件压力很大的事，
那或许是一种理想状态，
但实际生活里这样的模式却容易让每个人都喘不过气来。
确实没有人可以保持完美的状态，
应该是说根本没有人是完美的，
正是因为每个人身上有着不完美的缺角，
我们才可以和适合的人契合在一起啊。

谢谢自己的不完美，也谢谢那些还陪着自己的人。

舍不得和不甘心，往往只有一线之隔。
那时候的我们放不下，或许并不都是不想失去，
也可能的是你心疼了这一路上的付出，用尽全力付出的自己，
为何最后还是落得如此下场？
我不确定此刻的你是什么状态，
但很多事情，还是只能等到真的放下后的某一天，
你在一个平淡无奇的日子里，
突然想起了当年的执着和盲点，
那时候你才知道，紧抓着的究竟是不甘心，还是舍不得。

其实真正让人放不下的并不是结局的悲伤，
而是过程里付出的“真心”从未被“诚实”对待过。

偶尔我会在某个全新片段的画面里看见你，
你不再出现我的生活里，
但还是像个魂魄一样跟随着我去到每个地方。
我还是会想着过去曾经聊过的话题，
说过一起想要去的地方，那些曾说过的，
我靠着别人看不起的自己做到了，
那些想去的地方我也翻山越岭去过了。
只可惜人跟人之间的缘分有时候就是这么薄弱，
曾经要好到不行的关系，
也可以因为一些事情变成像是从未认识一样，
接下来你有你的人生，我不再参与，
以前说的再见是为了日后再见，
只是我们最后说的再见，是再也不见了。

蓝白色的远方

静恩和未婚夫的恋情结束后，某天她问我：“伤心的时候去旅行，真的可以忘记不开心的事吗？”

虽然我对于通过旅行来分心烦恼的事很有自己的一套方式，但说真的，同样的模式套在另一个人身上，我实在无法斩钉截铁地告诉静恩说一定可以的。

静恩一直以来没有自己一个人旅行过，所以我建议她可以先去一些比较近的地方试试看。在陪她选定要去旅行的目的地时，不知道为何，到最后变成我和她一起去旅行，但因为当时卡着另一个要出国的工作，我说我只能陪她去 3 天，就这样半推半就下，我也跟着订了一张去香港的机票。

抵达香港后，我告诉静恩如果她想有自己一个人的行程可以随时和我说，我可以自己去晃晃，结果那 3 天静恩都死赖着我，就像广告里的台词一样，我陪着她买东西、吃东西、买东西、吃东西。就在我走到脚快断了的时候，我提议不如去找个地方坐下来喝个咖啡休息下吧，静恩也觉得嘴有点馋想吃个下午茶。于是我们走到了维多利亚港旁的一间商场，静恩去服务台询问哪里有咖啡厅，回来之后她和我说柜台不知道是什么原因，服务态度很差。大概是累了的我便随口说出："心情这么不好，是被男友甩了吗？"结果此话一出，静恩的脸瞬间垮了下来，下意识的我还没反应过来，忘了她才是被甩的那一位，随即一阵挨打，只好赶紧拉着静恩去找咖啡厅，当然这一顿昂贵的下午茶是由我买单。

印象最深的一个画面是，我们坐在整片落地窗的咖啡厅里，维多利亚港的船只在眼前进出。原本对于这次结束的感情只字不提的静恩，突然开口说了原本他们计划在结婚后要去欧洲旅行，其中葡萄牙的波尔图是她最期待的城市，因为她从以前就期待着有一天能和爱的人一起去那个地方，慵懒地漫步在街头，看着那被一片片蓝白色瓷砖包裹着的教堂。

说完后，随即又陷入了一阵沉默。我望着刚进港的船想着，伤心的时候去旅行，或许不能让自己忘记不开心的事，但如果能让你有勇气面对它，或许便是放下的开始。

NEPAL

尼 泊 尔

我知道，在我身体里某部分的灵魂，
自始至终都藏在那山脉中。

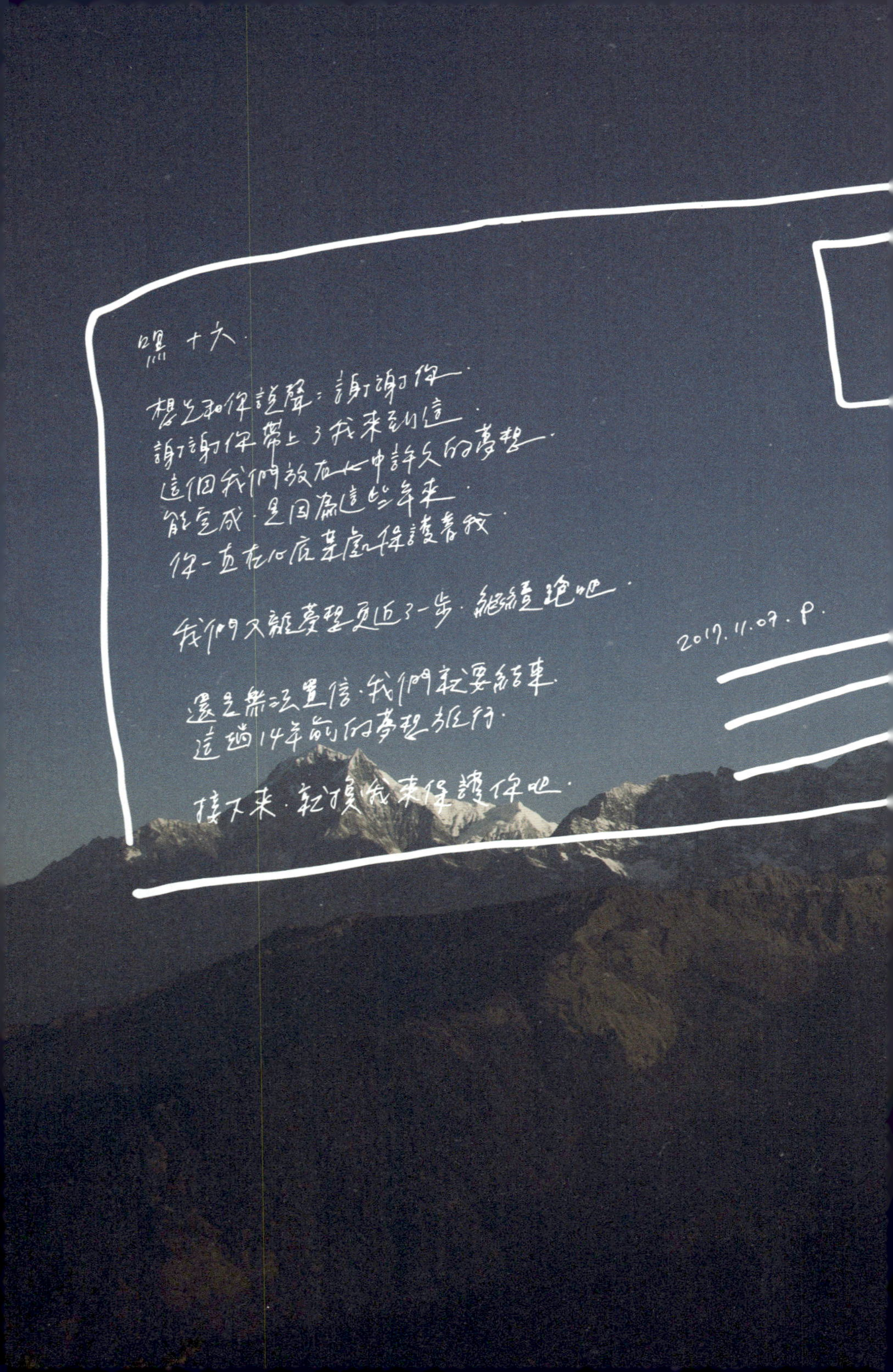
嘿 十大．
想要和你說聲：謝謝你．
謝謝你帶上了我來到這．
這個我們放在心中許久的夢想．
能完成．是因為這些年來．
你一直在心底某處保護著我．
我們又離夢想更近了一步．繼續跑吧．
還是無法置信．我們就要結束．
這趟14年前的夢想旅行．
接下來．就換我來保護你吧．
2017.11.07．P．

Nepal 尼泊尔

你问我为何想去尼泊尔，
因为我知道在那里，还有一块我心中尚未崩坏的地方，
一直没长大的 16 岁还在那等着，
等着我去见见他，那个我们曾经一起说好的梦想。
他依然守护着，从来都不曾消失过。

我心中尚未崩坏的地方

我总是想，每个人的心中都有一个位置，那里活着一个被安放好的自己，不过那个自己可能不是现在的样子，他也许是某个时期的你、某个称号的你，甚至是某个没人知道的你。你在这复杂的世道里，尽可能地去保护他，有时候，还真的有点难以分辨，是你守护着他，还是他在心底守护着你。

住在我心中的是一位叫作“十六”的小男孩，那是我在16岁时替自己取的一个外号，当时正是我只身从台东上台北念书的年纪。那一年可以说是我人生中经历最多改变的一年，我在学校认识了几个朋友，应该可以算是非常要好的朋友，除了在学校下课时会聚在一起之外，放学后，也常常一起到台北市东区闲晃。好几个夜晚，我们会买好宵夜相约到其中一个同学家，大家聊着对于未来的想象，八卦着其他同学的秘密。那天某个同学（姑且就叫他小奇吧），小奇问了我，我最想做的事是什么。没有想太多的我随口回答了：“去很多国家旅行。”他开玩笑地酸我，英文这么烂，应该会吓死在国外吧，说完之后，我们全笑成一团。

那天之后，偶尔我会在睡前编织一些旅行的美梦，在脑海编列好要去的国家。

高一时，小奇喜欢校外的一个男生，两人没有在一起，硬是要说的话应该算是单恋，小奇偶尔会约我和其他两个同学一起和那个男生吃饭。但后来那个男生喜欢上了另一个同学（大天），那是某次大天私底下和我说的，她说不知道该怎么办，我说就实话实说吧，这也不是你的错。我想小奇一定可以理解的。

过了几天，按照惯例，放学我们会相约在学校附近的公交站牌碰面，但是那天见不着她们的人影，打了电话也没人接。索性先回家的我接到了其中一个同学玉子的电话：“她们今天说不要约你，我明天再和你说。”我一个人呆坐在房间里，完全不懂到底发生了什么事。

后来听玉子说，大天和那个校外男生关系暧昧，小奇非常生气，可是大天为了要找一个理由，便说是我叫她不要和小奇说的。或许小奇也知道那个男生喜欢上大天并不是大天的错，但心中的怨恨还是要找一个人来承担，而我也正好成了那个替死鬼。只要找到一个可以发泄的对象后，所有的错便都有了出口。

那一年奇摩交友非常流行，其中有个功能是可以写下每天的日记，也就在当时，我在小奇的日记上看见了一段话：“像你这么穷的人，不要再幻想环游世界了，而且英文这么烂，不怕笑死人吗？”

曾经我将真心托付给了她，却被她拿来当作攻击我的武器，那天之后，我不再喜欢在睡前编织旅行的美梦，对我来说，那只是一个以后再说的事。

知道事情真相的玉子和他们吵了一架，为了帮我出这一口气，玉子选择站在我这一边，也在那一年，我们成了至今依旧是人生中最要好的朋友，没有之一。

某天放学，我们一起到了敦南诚品看书，但其实多数的时候只是要消磨回家前的时间。当时的诚品一楼外头总会聚集许多摊贩，每一摊都极具老板的个性，黑色的箱子打开后，里面摆放的都是精心挑选过的衣服、饰品、小玩具。其中一个我们经常光顾的大姐姐刚回台湾，远远地就向我们挥手示意，到了摊子前，姐姐说，她这次去了印度和尼泊尔，挖到了许多独一无二的宝。挂在眼前的是一条不规则的银饰，上面镶着因路灯照耀而发光的紫色矿石，看起来就像是宇宙掉下来的陨石，因为只有两条，我和玉子二话不说就决定一人一条，结完账后，两人当场就将项链戴上了脖子。

玉子说，她以前曾听姑姑说过尼泊尔有很多特别的东西，我不经意地回了一句："好想去看看哦。"

"有机会当然一定要去啊。"玉子不假思索地说着，就像她爽朗的个性一样。

已经一段时间没有想起旅行的我，到家之后便随意地在网络上查了些资料，许多充满浓厚宗教色彩的电影画面，飞扬在广场和人群之中的鸽子，佛塔上那仿佛可以穿透时空的佛眼图腾，以及那散发着神秘气息却又令人感到敬畏的喜马拉雅山脉……每一个画面都深深地吸引着我，那感觉不像是在看一个陌生的国家，而是一个熟悉的地方，在遥远的一方呼唤着我的名字，那时候的我知道一定要去这个地方，那是我的梦想。2003 年的时候，我 16 岁。

只不过那时和之后的我，即使毕业后开始旅行，却始终迟迟没有出发去尼泊尔，曾经的梦想就像被丢弃在忙碌生活里的一颗种子，失去了土壤和水分，没人知道它原本该有的模样。

2017 年年底，敦南诚品外的景象变得不太一样，不再聚集着那让人流连忘返的摊贩，曾经带着尼泊尔饰品回来的姐姐也早已不在这。14 年了，14 年的时间把台北许多还来不及保留的夜晚轻而易举地改变，如今我花了 14 年的时间，终于翻过了山越过了岭来看你。今天晚上，站在山屋的顶楼听着山谷的声音，不知为何突然一阵鼻酸，我安静地想看清楚漆黑的一片远方，发现有些情绪在越黑的地方，越是容易被诱发。

或许有些心中的梦想还在吧，当有天你走到了那个梦想许久的地方，其实感觉是不真实的，就像高中那年我们在教室里睡着了，再睁开眼却已经过了十几个年头，你回头张望着同学和黑板上的物理学公式，像是什么事都没发生过一样，但又多了一些东西怎么也想不起来了。

那天想看清楚的远方，原来住着一个16岁的我，他在山谷的另一端问我：现在过得还好吗？

我说，只要你还安稳地住在这，那么，我一切都好。

14年了，看起来你依然无恙，我会继续守护着这片山谷，直到有天我们回家。

我在尼泊尔的那一天，屏住了呼吸，
只因眼前的景象太美而不敢打扰。

旅行提醒着你保持谦卑，
早点想起回家的路。

一路上，我们朝着梦想成长，
但梦想也会长大，
只不过是朝着我们小时候的方向。

无论此刻的生活有多糟糕，
希望你还愿意继续相信，
这只是黎明来临前的黑暗期。

人是回来了，
但还有些东西暂时遗留在尼泊尔，
说不上来这感觉，
好久好久以前有过这份感受。
那是我 19 岁第一次去旅行回来的时候，
这是第二次，好久没出现了。
原来有些事情你并没有遗忘，
只是还没想起来而已。

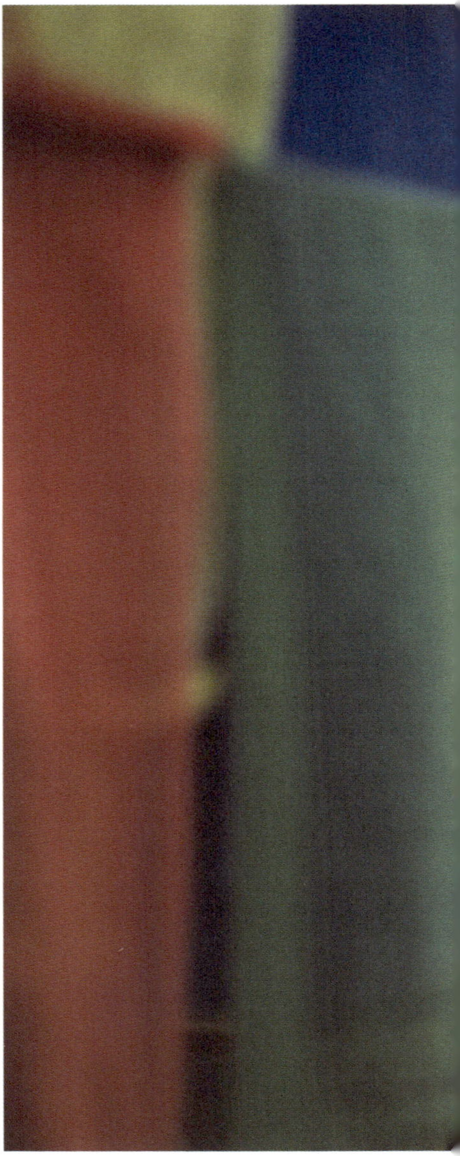

Nepal 尼泊尔

那天，我在尼泊尔遇见了离开家乡的藏族奶奶和他的家人。
回到台湾之后，某天晚上在整理照片时才发现，
有些人这辈子可能就只见这么一次面了，
只是分开的那天我们都还来不及发现。
生命里，有许多相遇总是那么让人措手不及。

生命里的那些措手不及

agnès b.

曾经在加措仁波切的书中读到："一切都是最好的安排。"（同时也是他的书名）在那之后就深深烙印在我的心底深处，多么简单却又充满力量的一句话。

虽然偶尔面对挫败的情绪，当下真的很难相信这是最好的安排，大多数时候，只希望事情可以重来一次，甚至希望从未发生过。尤其身为处女座的我，有太多事情可以推脱到星座本身拥有的特质——"凡事都要求完美"。很多时候，我非常害怕事情不如自己所预期的发生，只要节奏乱了便会容易沮丧，甚至想从头再来一遍。

唯独在旅行期间，我愿意接受意外的发生，这是一件很神奇的事，不知道是不是因为旅行本身就充满着太多未知，所以当"意外"成了多数，大脑便会自动接受它的发生。

出发前，我在网络上搜寻尼泊尔的相关资料，找到了一处名为"西藏营"的资讯，那里住着许多离开家乡的藏人，他们身处异乡，因为不是很容易找工作，居民们会在营地里摆卖一些自制的手工饰品以赚取微薄的生活费。和友人讨论了一下，我们都希望可以在旅行期间也出点绵薄之力来帮助当地需要帮助的他们。

正好，地图上显示的西藏营离这次预计下榻的旅馆不远，如果慢慢散步过去的话也只要十几分钟。抵达旅馆的那天，我们便沿着地图指示的位置出发，约过了 10 分钟后，走进了狭窄巷弄里的一般民宅区。这里的房子看起来和尼泊尔式的住宅没有太大的不同，一栋栋独立的透天厝相邻而建，漆着五颜六色的墙面和尼泊尔人灿烂的笑容一样，充满着无限的生命力。当时手机里的地图显示西藏营就在附近，好奇的我，便开始观察附近的居民是否都是藏人。正当我还想着藏人们的居住环境比我想象的好很多，心里正替他们感到一丝快乐时，却走进了一条死巷，看着地图上显示的位置，确实要从这里穿过才能抵达啊，而且就在不到一分钟路程的位置。

在找不到任何可以穿越过去的路之后，我们决定绕出去沿着大马路找找看，或许会比较容易。但无论我们怎么沿着地图指示的位置走，都找不到可以穿越过去的路。沿着最外围的大街绕了一圈，我们只找到了一个类似市场的杂货街，原本满怀期待的耐心在此刻似乎都随着正午炎热的太阳暴晒而蒸发。不愿就这样放弃的我们找了路边一个大哥询问，结果才知，原来我们要去的地方竟然不在这里，而且距离有点远，如果要走路的话可能会很久，他建议我们可以搭出租车前往，于是我们决定走回刚刚来时的大马路上拦出租车。

走回大马路的途中，我仔细地观察了林立在一旁的杂货店家，这里大概是印度区，因为多数都是贩卖和印度有关的东西。可能是当时心里还存有一丝不愿放弃的念头吧，想找到任何跟西藏营有关的蛛丝马迹，约莫过了 5 分钟，我们走到了一台正在揽客的出租车面前。不知怎么的，我下意识地将手机的地图打开再看一次，西藏营的位置确实还是没有变，就在我们的左后方。

正当我回头望了最后一眼时，看到了一扇老旧的铁栏杆大门，外头坐着现场唯一一位非印度面孔的奶奶，我叫上朋友走到正坐在门外一张小椅子上的奶奶面前，双手合十地说了一声："Namaste！"并打开手机上的照片给奶奶看。奶奶看了照片后便起身用简单的英文示意我们跟她一起走，推开了几乎不容易被路过的旅客发现的铁栏杆门后，我们仿佛踏入了另一个国度，原本门外的石板路进来后，都变成了稀疏的草地和沙土路。

奶奶带我们走到了一间寺庙门口，外面站着5位僧侣，奶奶用藏语和他们说了几句后，僧侣便打开了门让我们参观。寺庙里面有非常多佛像以及看似经书的本子堆叠而放，墙上挂着一张黑白照片，我看了便说："拉萨。"一旁的僧侣解释了那不是拉萨，并说了一个名字且非常尊敬地看着那张照片，他说这里面的东西，全是当时离开西藏时带来的，他们连夜赶路地保护着信仰来到异乡，从此家乡也成了远方。

参观完寺庙之后，奶奶带着我们越过了寺庙来到了一排围成П字形的两层楼的矮小建筑。简单的水泥瓦墙且带着斑驳的时间痕迹，乍看之下有点像是几十年前的老旧宿舍，每家都有一个编号却没有地址。依稀记得奶奶家里挂的是18号，大概就是社区里的门牌编号吧，我心里想。

走进奶奶家后，这个只有两坪半左右大（一坪约是一张双人床的大小）的房间里，还住着奶奶的先生和儿子。房间正好是一个正方形的格局，进来之后最靠近门的右侧有张折叠桌，上面摆着简易的卡式瓦斯炉当作了厨房。走两步便到了房间的正中央，这里摆着一张约可以挤下四人的圆形木桌当成了客厅，客厅的左边摆着两张并拢的单人床是爷爷奶奶的床，右边的一张单人床紧贴着墙壁则是她儿子睡觉的地方，几乎再没有其他可以走动的空间。

奶奶赶紧请我们坐下，简单地问了我们一句是否要喝茶，我一时不知该怎么回答便看了朋友一眼，其中一名友人先是回答了奶奶没问题之后，便和我解释，听说一般到了藏人家做客都会请喝茶，而且既然都坐了下来，喝茶也是一种礼貌。

可能是这一切都发生得太快，坐了下来之后才发现奶奶的先生似乎是因为年老而行动不便，拿着拐杖正想起身，坐在右边床上的儿子也似乎是因为生病的关系，看起来精神状况不佳，在表达上面也比较害羞一些。

端上热茶来的奶奶先是热情地请我们品尝，之后便转身将坐在床边的儿子的衣领整理好，才在我们身边坐了下来。因为语言的关系，我们仅仅用了简单的英文沟通，从对话里得知奶奶在大门口和邻居一起摆摊卖手工艺品。其间我问了奶奶可否拍下摆放在桌子旁那铜制的西藏转经轮，奶奶比画着说那是她从西藏带来的。不知为何，那个站立在房间中央的转经轮让我感觉到了一种信仰，对于家乡，对于天上，对于往后未知的每个当下。

我们简单地询问了奶奶关于她制作手工饰品的事，奶奶便从一旁拿出一个盒子，盒子里装着许多朴实简单的藏式手环，奶奶开心地说全是她自己一个人做的。有些是从西藏带来的，有些则是自己买了材料回来做的，我们三个人讨论了一下，觉得此趟来尼泊尔都还没买些纪念品，这次能遇见奶奶也算是一种缘分，便各挑了几样饰品当作送给自己、家人和朋友的礼物。虽然并不是什么价格高昂的礼物，但能在这么特别的机缘里买下这些，它象征的意义远远超过物质所带来的感受。

休息了一会儿后，准备离去的我们从包包里拿出了从台湾带来的几块全新手工皂送给奶奶，有许多藏人在尼泊尔的生活非常辛苦，希望这些民生用品能减轻一些生活上的负担。

离去前，我们和奶奶在家门口道别并留下了几张合照，走出这处西藏营后，我们在前往下一个目的地时，从网络上查到了尼泊尔分别有几处西藏营。而我们本来要去的确实是在另外一个较远的位置，只是地图导航显示了这一区的西藏营。我放下手机和友人说，或许这一切都是最好的安排，如果没有来到这个地方，或许我们这一辈子，永远都不会遇见这位奶奶。

有很多旅行的当下，那些无意间在心底最深处种下的思念，就像是转经轮般地伫立在内心深处，尔后的某一天，那些回忆在心头转起了圈，被保存的画面就像发酵一样循环播放，令人不禁感叹生命里，总有些相遇是那么让人措手不及。

山上路过的居民和我们说，
前阵子这里发生了意外，
走过的旅客们纷纷在这叠起了石头，愿亡者安息。
偶尔还是会在路上听到令人感到遗憾的故事，
但这也是我们通过旅行而体会到生命里的无常。
只愿我们在那天来临之前，
能奋力地朝心之所向奔跑。

agnès b.

这世界有时变化得太快，
谁都无法预料接下来会是什么，
所以嘴里反复说着通俗道理提醒着彼此，
因为失去过，所以学会在失去之前好好珍惜。
如果只是想说声我爱你，那就请不要吝啬，
如果只是想要陪伴对方，
那也请不要忽略每一次在一起的时间。

人们口中说的道理清清楚楚，
但体验的全是自己。

Nepal　尼泊尔

小时候，一直幻想着有一天要去尼泊尔，
那时候只是觉得那是个梦，
有点像月亮一样，你好像跟她很熟，
却又从未认识她一样，
无论你想不想，
她都会不时地出现并提醒你，我一直在这。
今天是我踏进尼泊尔山上的第一天，
这里的月亮和我小时候在故乡看到的一样。

她告诉我，她一直都在这，
等着你带着我的梦想来见见她。

因为不喜欢说再见，
所以在说再见之前我会竭力去珍惜，
即使再见之后可能再也不见。
无论结局是什么，
我想，都有更好的原因吧。

我想再去旅行一趟，是因为想和你一起看看那沿途风景，
在烈日下一起东奔西走、在夕阳下细数人生日常，
无论终点将去向哪里，想在它来临之前和你说声：有你在就好。

遗落在人世间的天堂

२०६०

这次尼泊尔之旅，我心中最希望完成的事其中一件就是看日出，而且是要可以静静发呆看的那种。虽然上山健行之后每天都可以看到日出，但因为可能要赶路而无法有时间享受那美景，于是出发前，我在网络上查了许多关于可以看日出的地点。同行友人看到行程后，傻眼地问："我们这次是看日出团吗？"我只说，你想象一下人生能有多少机会，可以静静地坐在喜马拉雅山脉前看着日光洒在那山峰上，搭配着一杯热腾腾的咖啡，此生大概就无憾了。

于是在众多的资讯里，最后选定了图利凯尔（Dhulikhel）这个海拔1556米的小镇。当初选定它的原因很简单，第一，因为时间和旅费有限，它离加德满都只要大概两小时的车程，如果大家一起包车过去，价格也不贵；第二，山丘上有间便宜的旅社（Himalayan Sunrise Guest House）位置非常好，在房间的阳台便能看见环绕周围的喜马拉雅山脉，而且早餐有可续杯的咖啡。

还没出发前，我已经开始想象自己坐在那大露台，看着连绵山峰上的金红色光芒，喝着一杯冒着热气的拿铁，那感觉就像初恋一样。

这次的计划是在这住两天。从加德满都出发的那一天，天气看起来似乎不错，路上便和友人讨论等到下榻的旅社之后，可先到镇上悠闲晃晃，然后早点回去休息好迎接明天的日出；而且因为这两天结束后，我们便要出发去波卡拉准备爬山的行程，睡饱一点，就当作让自己好好放松一下。

沿途，车窗外原本繁华的街景变成了一片又一片绿色的田地，矗立在原野间的可爱平房像极了台湾东部的美景，车里原本嬉笑的欢闹声也不知在什么时候变得安静，每个人都望向了自己那一面的窗外。像电影里那样，旅人不断地想找寻片刻宁静，静静地将自己留在那些记忆画面里。

隔天清早，友人叫醒了还想赖床的我，从他们脸上我知道事情不妙，马上坐了起来便问：“看不到日出吗？”另一位刚走进门的友人，尴尬地看着我摇了摇头说：“一片白，都是雾。”不死心的我决定去外头等等看，我说，可能等下雾就散开了吧。

三个人站在冷风徐徐吹的大露台，拿着相机等待云雾散开的那刻，结果却像在网络上抢花东火车票开卖那样：“谢谢光临，明天继续努力。”

可想而知，到了隔天还是只有一片白茫茫的雾，什么都看不见，空气品质不佳，即使最后雾散开了，还是无法一睹那壮观的喜马拉雅山脉。安慰自己过几天爬山还是有机会可以看到日出的，我微微沮丧地和友人讨论了今天的行程，因为这两天除了“日出”以外，完全没有任何其他安排。吃完早餐后，巧遇旅社老板的儿子，他建议我们可以去南摩布达（Namo Buddha），那里是尼泊尔的三大圣地之一，据说是佛陀舍身喂虎之处。听完介绍后觉得既然是殊荣的圣地之一，而我们也远赴重洋地来到了尼泊尔，那就出发吧。确认了一下位置，如果要徒步的话，大概需要 3 个小时，讨论之后，我们决定去程步行，回程如果太晚就搭车回来吧。

整装过后我们就依照旅社老板儿子指示的方向前进。虽然地图上显示的距离总长为 9.2 公里，但走在不断上下坡的沙土山路上，加上沿途几乎没有遮蔽物可挡的暴晒，实际感受却像有两倍的距离。半路上我们似乎走到了当地人的捷径小路，路变得愈来愈窄，窄到只能容下一个人行走的空间，我们排成一列，小心翼翼地跟着前面的人的步伐前进，因为只要一个不小心，可能就会落到旁边的山谷树林里。正当我们开始怀疑是否要回头时，听见转角处的树林后方传来像是居民的声音，我们转头望了望彼此，没有说话，只用眼神示意，决定就先穿过这片森林吧。

穿过森林后，映入眼帘的是我自小学远足踏青后，就再也没感受过的那样纯朴风光：青翠的草地被阳光晒得闪闪发亮，坐落在山谷边缘的一户户矮小平房，庭院里晒得双颊通红的孩子，蹲坐在整理农作物的奶奶身边手舞足蹈……藏在山谷里的无名小镇像一处遗落在人世间的天堂，圈养在家家户户庭院外的牛鸡羊群，窝在同个屋顶下消暑，在这里的一切皆平等，没有物种、种族、你、我之分。

热情的村民见到我将相机拿在手上，便开心地请我替他们拍照，拍完之后，开心地凑过来想看看屏幕上的照片。见到他们纷纷开心地笑着，有那么一刻，我替拿着相机的自己感到一丝喜悦。所谓的自己，是那个不再向他人索求，只求能给予他人些什么的自己。

离开村落前，我看见了一个小女孩朝着坐在草地上的爸爸和哥哥走去，三人静静地陪伴着彼此，遥望着远方的另一座山脉，山脉间并没有我期待的日出画面，但不知为何我感到一股暖意从心底深处冒出。

那天我想，老天不让我看见日出或许有它的原因吧，世界上有许多不同的美存在着，执着于你以为的，有可能会失去更多。如果有机会可以去走一趟那不曾想过的地方，看见了那些被你忽略的美好日常，那此生才是真的无憾。

旅途中，我喜欢观察角落里的小花小草，
趴在阴影下避暑的小猫小狗，
你可以感受到无可限量的生命力。
生命，是一种无法测量的力量。

旅行，就是为了找到回家的路。

出发之前永远都是想象，
上路之后一切都是挑战。

在陌生的国度里，处处都是风景，
而身为旅人的我们，
在他们眼里也是一道陌生的风景。
沿途你猜测着他人的人生，
而他们是否也在想象着你的人生？

弟弟的重量

经过了大约 4 个小时的徒步路程，我们终于在下午 1 点多抵达南摩布达。刚到外围时，其实真的很难让人相信这里面有座佛寺，要不是沿途两旁的树上开始出现满布的五色旗，我们可能还是会觉得自己是不是走错地方了。越过了几处民宅和杂货商店后，一座朴实无华的大门出现在眼前，满天飞扬的五色旗以佛塔为中心，360 度地环绕整座寺庙，被微风吹拂的每面旗子像是有生命在舞动着。光是这景象就让站在佛塔前的我们肃然起敬，生怕自己一个不小心就惊动到了神明，每一个眼神和手势都带着尊敬的心移动着。

佛寺比我想象的小了一些，以正常的步行速度绕完一圈，只要一到两分钟的时间，围绕在佛塔正中间的转经轮转完也只需要 30 秒不到的时间，在简单地参拜完之后，我们三人便找了个石阶坐下来休息一会儿。后来问了在一旁整理法器的阿姨才知道，原来从我们石阶后面的楼梯上去还有寺庙，正当我们准备继续往上出发时，突然跑来了一个小男孩靠在我的身上。

男孩调皮地拉着我的衣角，一双乌溜溜的大眼睛盯着我们看，天真无邪的模样让我和友人停了下来，想替他拍张照。这时，佛塔下的另一名男孩也跑了过来，对着拉住我衣角的男孩喊着，虽然说的是尼泊尔语，但从现场两人的眼神和语气，大概猜得出来跑过来的是小男孩的哥哥，并且说着：“不要拉别人的衣服。”弟弟听见后，便马上把手放下，再用他那一双无辜的大眼睛假装若无其事地看着远方，哥哥跑来后尴尬地笑了一下，并马上抓住弟弟的衣领。

见到这画面的我们觉得是如此可爱，便从包包里拿出这次特地从台湾带来的零食想和他们分享，主要是同行的一位友人在出发前和我们说，他朋友提醒他，如果来到尼泊尔可以多准备一些巧克力、饼干等，巧克力在当地很贵，孩子们喜欢问旅客有没有一些饼干可以和他们分享。我们三人的默契是，如果能在旅途中巧遇了便是有缘，和他们分享这些日常里容易取得的零食，或许是我们可以做的事。

正当友人忙着看包包里是否还有多的零食时，我抬头看见哥哥走回了原本跑来的方向。一位母亲正背着孩子蹲坐在佛塔旁擦拭着铜器，身边坐着一个小女孩也拿着布擦拭着刚洗好的铜器，哥哥一手将母亲背后的孩子抱上了自己瘦小的身躯，似乎说了些什么。过了一会儿，哥哥抱着小弟弟走了过来，一旁的小女孩也跟着哥哥的脚步上前。在一阵比画之后，我们分别猜出抱着小弟弟的是大哥，女孩是二姐，最调皮的那个是老三，而最小的应该就是老四。

大哥除了照顾肩上扛着的老四，还不疾不徐地照顾爱捣蛋的老三。大哥将自己手上的零食分给了早已吃完的弟弟和妹妹，实在难以想象你看着一个小孩手里哄着一个小孩，还同时兼顾其他兄弟姊妹，原本猜想他瘦小的身躯扛着老四的重量会是什么感觉，但在那之后我才发觉，他抱着的并不仅仅是个物体的重量，而是他弟弟。

哥哥手上的零食被迅速解决后，最调皮的老三不断地向我示意还想要再吃，哥哥见状便尴尬地笑着拉开小弟的手。后来我将最后一包尚未开封的零食拿给了老三，拿到零食的他急忙试着用牙齿将包装咬开，咬到表情从开心变得狰狞，但怎么咬就是咬不开，因为模样实在是太可爱，大家全笑起来。

有那么一刻我感觉到了语言的薄弱，丢开了你习以为常的沟通方式，用真实感受打破了制约，彼此沉静在宇宙万物的连接里。

一群没有说话却笑得咧嘴的我们站在午后的阳光下，温柔的暖意穿过了一旁大树间的缝隙照射在彼此脸庞。不知是不是因为我们此刻站在尼泊尔的三大圣地之一，温暖又圣洁的力量悄悄地滋润了我的心房，有股被我遗忘已久的单纯正附着在空气中的水分子。我将自己沉醉在这永恒的一刻，原来在习惯了忙碌的城市生活节奏里，远在地球的这一端藏着这么一份宝藏。或许，生命中，那些永无止境的追寻都不在终点，而是在一个午后时光的日常。

离开前，我和友人说，回到台湾后，我想将照片洗出来寄给旅社的老板，请他们代为转寄给在这间佛寺所遇见的兄弟姐妹们。当时并没有想过会将这个故事写在书上，所以我想等书出版后，连同照片和书一起寄过去。

希望未来有一天，在可能会被遗忘的那么一天，能想起生命中还曾有这么一段温暖的午后时光。

让你成长的从来都不是伤害你的人，他们只是加深你对这世界黑暗面的认知；那些让你茁壮的都是你在事件后的体悟，你对人性黑暗的认识，你知道世界上不会只有美好的一面。糟糕的一面也是真实生活中的一部分，而让你有力量去面对的都是身边爱着你的人，你在乎的也恰好在乎你，你感谢的一直都是身边的他们和你自己。

如果真的要感谢过去的伤害，也只是感谢事件的本身而非那个人，他带来的只是伤害，而伤害过后的你如何选择才是事件最终的目的地。

一个人旅行也是一种练习和孤独相处的方式，经过了一段时间后，
你发现人们口中所说的孤独，其实也没那么令人恐惧。
当自己走在一条安静的陌生路上时，你听见了心中无止境的对白，
原来这么多年来，你有好多话还没好好地和自己谈一谈，
一场专属于你和你自己的心灵对话。

年龄越大越觉得“下次”越来越远，
说好的下次再见、下次再约、下次想要去的地方，
每一次的“下次”都无限延长了出发的决心。
所以后来的我不只是将“下次”放在口上说说，
因为时间有限，我想和你留下所有的一切，
等到有天我们老了，
回头看看彼此在青春里活过的证据。

听着喇叭声响和看着来自四面八方的杂乱交通，
世界上，还有哪个地方和这里
一样充满着极端的感官刺激呢？
或许面对那些冲击，一开始谁都显得有点手足无措，
但慢慢地，你发现那就像蜿蜒崎岖的山路，
只要你愿意继续前进，便能从那漫长的峡谷里走出。

7 小时惊魂记

Nepal 尼泊尔

“这是尼泊尔人风格。”开在蜿蜒山谷的公路上，司机在一个看不见对向来车的大转弯处连超两辆车，过弯时不断地按着喇叭。坐在车上的我们连忙抓着系好的安全带，想再次确认自己是不是已经完整扣上。在车子顺利转过弯后，坐在后座的我看着身旁双眼瞪得大大的友人说着。

这次来尼泊尔之前，所有的行程都是交给我一人安排，从登山向导到旅行社到点跟点之间的交通工具全包办，当然在决定前我还是会询问同行友人的意见。不过因为琐碎的选项太多，我便自己先经过了第一轮淘汰后再和其他两人讨论。由于这次大家旅费有限，加上对于尼泊尔都不甚了解，所以在诸多选择上，我尽量选择价格适中的，但评价必须是非常好的。

在大部分的行程都决定了之后，其中从加德满都至波卡拉的交通这件事我迟迟尚未作出决定，原因是比较了两间当地旅行社，一间评价很好，价格比较贵，但包含了包车的价格。对于喜欢拍照的我们，除了可以边走边玩以外，如果中途路过什么美到不像话的小镇还可随意下车，但唯一的缺点就是：时间。因为整趟路程大概需要 6 个小时，这还不包括塞车或是其他可能会造成延迟的问题。

比较便宜的另外一间，虽然网络上的评价没有像前一间这么多参考，但多数都还算是好评，重点是省下来的钱，我们可以搭飞机，省时又方便。

但不知为何，这个问题我没和别人说，就放在心中自己挣扎了好一会儿，想说还有些时间可以决定，那先放几天再说吧。

隔了没几天，老莫（尼泊尔成员之一）突然邀请我们到他五指山上的家里吃饭，老莫的妈妈是虔诚的佛教徒，听闻我们这次要出发去尼泊尔，特地到家里对面的土地公庙祈求旅途平安。吃饭时，莫妈提到了上次替我们祈求时，好像不是很顺利，所以吃完饭后，要再去拜拜土地公，便邀请我们也一起过去。出门前，我和另外一位友人说，其实关于这次旅程的交通让我有点烦恼，不知道该选哪一间旅行社，但主要的原因我没特别说明，当时心里想的是，反正要去拜拜了，那就先拜完再决定吧。

到了土地公庙后，我们跟着莫妈一起点香膜拜，结束后，莫妈问我有没有什么问题想问，土地公很灵验的。我几乎没有思考便直接跪在桌前的红垫上，本只想简单地祈求神明能保佑我们这次旅途顺利，但无论怎么问，土地公给的都是笑筊（笑而不答），直到我问到和交通有关，就这么神奇地给了一个圣筊。不知道是不是自己心里考虑的事情一直没和任何人说，突然间，好像那个秘密被揭开了一样，我笑着和在一旁的莫妈、友人们说："其实关于这次旅程，还有一个行程的旅行社尚未决定，而且是在思考跟交通有关的问题。"最后在土地公的指引之下，当天回去便立马和较贵的那间旅行社联系，决定了包车前往波卡拉。

后来那段行程里所遇到的人和事物，我会在接下来的其他章节和大家分享，不过，现在回想起来还真是觉得不可思议。

向波卡拉出发之前，我们在加德满都待了 6 天，在这里我们早已习惯了每天出门就得面对杂乱的交通，黄土路被驶过的车子弄得尘土飞扬，来自四面八方的摩托车骑士和行人交错被卡在马路中间。双向道自动切换成三线道甚至是四线道，载着我们的出租车司机在塞车的巅峰时段，像是赶时间一般地穿过拥挤车流切到了最左边的机动车道，并以时速 80 公里前进，有那么一刻我感觉出租车缩小了，好让我们可以几乎贴着人行道和一排正塞在路上的其他小客车一同前进。经过了这 6 天的洗礼，关于交通这件事我们已经可以说是临危不乱，常常三个人在车上感叹，这趟结束回台湾之后，一定觉得在台北开车是一件轻松的事。

和旅行社安排的司机碰面后，我们便在早上 9 点左右出发，当车子渐渐地驶离加德满都市区后，杂乱的喇叭声和从四面八方蹿出的机车骑士变少了。从车子的后视镜看着渐行渐远的市区，满天飞扬的尘土已淡化在我们的范围内，司机将窗户打开，那是我到尼泊尔第一次呼吸到新鲜空气。我将视线望向远处翠绿的山丘，随着车速移动的鸟儿们拍打着翅膀翱翔，广播里传来的尼泊尔式音乐，乍听之下有点像是印度鼓拍打出的节奏和西藏吟唱的结合，完全符合了电影里当男女主角望向窗外陌生国度景象的期待心情。

就在此刻，车子一个转弯，转进了沿路群山环绕的弯道，并开始接下来长达 5 小时的峡谷山路。山谷下的溪水湍急地拍打着，载着汽油、水泥的大卡车也一辆辆地呼啸而过，挡在我们前方的大卡车速度较慢，司机先生大概是担心延误我们抵达的时间，便一连超了好几辆大车，无论在直线道路还是转弯处，司机只要见车就超。尼泊尔式的超车准则，最重要的就是狂按喇叭提醒对向来车，因为接下来的一路上，所有超车的人都是如此。就在接下来一个完全看不到对向来车的大转弯时，司机狂按着喇叭连超前方两辆车，在车子准备成功转弯时，迎面而来的是一辆大卡车，司机紧急踩了刹车，大卡车也停了下来，双方僵持了有 5 秒左右，司机缓缓地向后退回到我们原本的车道上，尴尬地和我们说了声抱歉后，继续加速前进。我和友人们四目交接了一会儿后，不知为何还笑得出来，但过了几秒后，大家都故作镇定地望向窗外。

正当我们还在内心惊恐着这刺激的超车习惯时，突然间所有的车都开始慢了下来，前方出现了临时的交通管制。公路上开始出现围观的行人，一个个朝着山谷下比画着，司机拉下车窗和路人交谈后便下了车，我也跟着下车想知道发生了什么事。远远地看见溪流中一块巨大凸出的石头，有二十几个人坐在上面，我心里想，哇，这么急的溪流还在下面戏水，真的好厉害啊。这时，我将视线往左移了一些，一艘橡皮艇停泊在岸边，两块白布盖在斜躺在岸边的担架上，才恍然大悟，司机随即向我挥了手，示意我赶紧上车，换我们这一道的车前进了。

上车后，司机说有两辆游览车在转弯处因闪避不及，撞上了一旁的水泥护栏摔下了山谷，我小声地用中文和友人们补充了我刚看到的景象，后来司机也证实了确实有人伤亡。不知道是不是从那时候开始，车子里的交谈变得少了一些，大家随即陷入了漫长的沉默，恐惧随着一次又一次会车与超车起伏，像是那汹涌流动的溪水一样拍打着。

不知道什么时候睡着的我，再睁开眼，车子已驶出了漫长的峡谷公路，窗外的天空被夕阳染成橘红色，背着竹篓回家的村民走在纯朴乡间的小路上，还来不及忘记刚刚那个景象的我早已被眼前的美景给唤醒。世界上，还有哪个地方和这里一样充满着极端的感官刺激呢？或许面对那些冲击，一开始谁都显得有点手足无措，但慢慢地，你发现就像蜿蜒崎岖的山路，只要你愿意继续前进，便能从那漫长的峡谷里走出。

如果恰好是今天，那我想和你说，
不要逞强了，偶尔难过是没关系的，
前面的路还很远，
你或许还是会哭，
但答应我，一定要一直走下去。

过去的遗憾告诉我，最痛的并不是失去本身，
而是当你的人生走遍荆棘满途，
回首时才发现，
那些曾在梦想和现实交错里的挣扎。
如果自己从未经历过那些曾经渴望的，
那么连失去的资格都没有。

沿途的风景或许可以与别人分享，
但内心的悲伤只能自己坚强。

旅行越久，越能发现生活
并不是只有你所熟知的一种方式，
而当我们理解了这点，
便能用更积极广阔的心态去面对自己的人生。

旅行在陌生的国度里，走在不经意的山间小路旁，我看见了如诗般美好的风景，一次又一次地屏住了呼吸。如果生命里有信仰，那此刻它便化作了山峰上的初雪、化作了树梢上的小鸟、化作了天空和宇宙。在喜马拉雅山脉，我听见了自己的呼吸，那是宇宙最安静的声音；在葡萄牙的田野间，我感受到了自己的心跳，那是大地最神秘的脉动，如原子般大小的感动化作了细胞涌上全身的毛细血管。我就是那种可以因为旅行里的小事，而感动很久很久的人，我想，那是活着的模样。

3210 的小山丘

Nepal　尼泊尔

在搭机前往尼泊尔的时候，我望着窗外的云朵，心里忽然浮现了12年前，某位朋友曾告诉我的一句话："你要好好记得第一次旅行的感觉，因为在那之后，你就再也不会有第一次远行那样'特别'的感觉了。"当时我正好要满18岁，也即将踏上我人生的第一趟背包旅行，哪会想那么多，先出发再说吧。

这次来尼泊尔，因为旅行时间有限，我们选择了难度最低的四天三夜普恩山（Poon Hill）健行，海拔高度约为3210米。但其实我自己是希望可以挑战海拔约4130米的安纳普娜峰基地营A.B.C.（Annapurna Base Camp），虽然每次都任性的我，还是知道这次要到高山上是有危险的。考量到同行友人的体力负荷，心想就留给下次吧。

这次旅行社替我们安排了一位向导（天吉，Tenzi）和他的侄子兼徒弟（达瓦，DaWa）。一路上除了陪伴我们，他们也帮助了许多遇到的其他背包客，让我们第一次健行就学到非常多，也多亏有了他们，我们才能平安地度过接下来的这4天。

初次走进尼泊尔山区的我们，无论走到哪里都是拿着相机狂拍，我们仔细地观察路边的石头和山壁上那不知名的花草。因为担心沿途停下太多次而耽搁了接下来的行程，我们不好意思地看了一下天吉，天吉和我们说不急，慢慢来，就好好地拍照观赏。他第一天的口头禅是："It's holiday!"沿途，只见他缓缓地来回走在我们身边，唱着尼泊尔的民谣。

加上途中休息吃饭，走了六七个小时后，我们来到了第一晚的山中小客栈，天吉和我们说今天要早点休息，因为明天将会有一段连续3000多阶的楼梯要挑战。

隔天，我、老莫和达瓦三人走得飞快，在预定的时间内便走完了3000多阶的楼梯。可能是平常有心肺运动的锻炼，虽然还是会有点喘，不过没有想象中的那样恐怖。抵达休息处后，我们三人等着天吉陪同另外一位友人Even上来，当时海拔已超过2000米，温度也明显降低，背脊上的汗因冷风吹而让人感到一阵发抖。用完餐后，天吉和我们说要一路走到今晚登顶前的露宿地点（海拔大约2800米），总共走了八九个小时，因为高度上升的关系，加上我们都背大的登山背包（我和老莫一人背了8 ~ 10公斤），走起路来也渐渐地开始比较容易累，最后抵达客栈时，天色已经变黑，大伙在回房放置行李后，休息一下便下楼吃晚餐。

餐厅里挤满着来自世界各地的背包客，大家围在火炉边的餐桌旁开心地聊着天，火炉边的架子上挂着旅客们正在烘干的衣服。许多外国背包客甚至还打扑克牌喝着啤酒，看起来一副非常人生快活的模样啊。晚餐我点了一份在尼泊尔期间最爱的尼式咖哩饭，不知是不是火炉太过温暖的关系，吃到一半我就没有什么食欲，双眼感到一股疲倦，硬撑到大家都吃得差不多时，我再也忍不住便说想先回房休息。离开了火炉到了二楼的房间时也形成了温度差，房间里的冷空气让我赶紧跳进了被窝，突然间我的后脑勺开始感到一股阵痛，我试着调节自己的呼吸，但头痛的感受让我连躺着都难以安稳，当时我心里想，该不会是高原反应吧？

好不容易走到了这里，再过几个小时就要出发登顶，或许睡一觉就好了吧，我闭着眼试着不断催眠自己。但无论我数了多少只羊想试着进入梦乡，头痛的感受依旧伴随着冷空气环绕着我。

过了十几分钟后，同行的友人上楼，我在床上翻来覆去，过了几分钟后，再也忍不住和他们说了头痛的事情，因为我们都不确定是不是高原反应，还是今天流汗被冷风吹到而有点感冒。后来，老莫跑去找天吉，我和他说了一下状况后，天吉便教我将全身保暖好。于是我盖上了两层厚厚的被子，并将在尼泊尔刚买的羊绒围巾包裹着整颗头，只露出鼻子呼吸，有点像是高山上的木乃伊一样。

不知道什么时候睡着的我，被凌晨 4 点的闹钟给叫醒，起床后，我心里想完了，头还是有点痛，我和友人说:“只是一点点痛而已，应该是没问题。”但随着我换衣服移动的时候，偶尔还是会出现中度的头痛，于是我向 Even 要了一颗止痛药（这是错误的示范，如果上山有头痛情形，请一定要询问专业的向导或友人）。可能当时我一心认为或许只是感冒而作出了这样的决定，过了一会儿，我的头痛便消失了，在天还没亮的外头，所有的人从客栈走上登顶的最后一段路。

虽然登顶的路程只剩下 300 多米的距离，但随着海拔逐渐升高加上必须赶在日出前抵达，体力加上压力，这段路也走得非常累人。沿途，我们几个同行的友人，开始因为速度而拉开了距离，独自摸黑走在这登顶路上，在我和每个前往同个方向的人们擦身而过时，我扎实地感受到了每一个人的存在，那一刻所有人的目的只有一个，就是前方那插着海拔 3210 米牌子的山丘。在这条路上，每个人的存在并不是和你比较速度的快慢，而是像一股庞大的力量陪着自己往前，你就像路上的每个人，而每个人也都成了自己。

不知道你有没有想过，每天走在人来人往的街上，有不断路过你生命中的过客，请你现在稍微停下来思考一下，今天的你和多少人擦身而过？他们是谁而他们又要去哪里？在你生命中的这个阶段又扮演了什么样的角色？我们真的发现过他们的存在吗？

抵达山顶后，天还没亮，我和先到的老莫、达瓦三人站在一处视野较好的位置等待天吉和 Even。在等待的时候我们聊起了天，当时我好奇地问了达瓦："天吉结婚了吗？"达瓦笑着说："他是喇嘛，不能结婚。"

不知为何，站在海拔 3210 米的山丘上，面对环绕着我们的安纳普娜群峰，我想起了土地公说的话，无论如何一定要选这间旅行社。当时我放在心上，静静地望向那壮观的连绵山脉。

随着地球持续地向东转动着，天色逐渐转亮，远方的日出似乎准备冒出头，眼看日光的轨迹快速上升，我心想，不行，我们还有两个同伴没到，再给我们一点时间。就在那刻，我看见了远方的 Even 和天吉两人踏上了最后一阶，地球转动的速度之快，在你朝着他们挥手的下一刻，太阳悄然现身，温暖的日光穿过了空气里飘散的分子照耀在天空、山峰、大地和人们的身上，突然间，你感觉到自己站在这快速运转的星球上是如此渺小，如果生命里有信仰，那此刻它便化作了山峰上的初雪，化作了树梢上的小鸟，化作了大地上的人们，化作了天空和宇宙。

生命里的每一次呼吸，都成了一去不复返的时光。

回程的路上，我突然想起了刚刚达瓦说的事，便和 Even 说，因为天吉大部分都是协助照顾她（她脚程比较慢一些）。Even

才说，原来这样啊，一路上天吉不断地在诵经，那天我疑似是高原反应的晚上，她也听见天吉不断地小声重复诵着经文。我这才会意，第一天我们听到天吉来回在身边唱着的并不是尼泊尔的民谣，原来他唱的是一段又一段的佛教心咒。

开始下山后，我们的双脚全因为持续了好几天长达 8 小时的连续路程而开始肿胀，膝盖因为不断上下湿滑的阶梯而开始感到刺痛。你可能会问，人生何必把自己搞得那么累？这句话我也问过自己，但或许就像登山背包客的一句名言："因为它就在那里。"

因为你想去的地方就在那里，从来都不会逃走，会逃走的都是自己，总觉得在经历过那些复杂的过程后，我们才能真正看见眼前所谓美丽的风景。

前进的这一路上会遇见许多陌生脸孔，有和你一样正在行走的旅人，也有那些你从未在网络上看过的真实居民，徒步的路程渐渐把你从假想的世界里拉回到真实生活的轨道上，脑海里杂乱的事情随着你行走的距离而淡化，愈到深处的地方，愈发现这条路上只剩下你和你自己。所有的事情也愈来愈简单，你只是想要去一个你想去的地方，所谓的距离，只要你愿意迈开双脚，再远的地方你都能抵达。

而那天，当我抵达了目的地后，突然想起了第一次旅行前，友人提醒过的话，不知为何，鼻子突然有点酸酸的，因为旅行了这么久，我又重新感受到第一次远行的感受，重重地回到了我身上。我想，这就是我如此热爱旅行的原因吧。

嘿，如挚友般的自己，别忘了那些曾答应自己要去的地方，
无论还有多远、多难，新的一年或许并不会马上变得更好，
但至少我们又走过了今年，
许多问题未必非得要马上给个答案，请不要担心。

面对这世界，我们都辛苦了，
接下来还是要和过去的那些时候一样，好好地活下去。

只要是自己喜欢的事，
就没有所谓的浪不浪费。
别让和你目标不同的人搞错了方向，
愿余生所有的快乐都无须假装。

"如果你不尝试去做自己想要做的事，不去喜欢想要喜欢的人，
不去冒险活成自己想要的样子，那你现在跟死去有什么差别。"
那年我在一个人的旅行途中，看见了感动到不行的画面时，
心中对自己呐喊了这句话。
旅行的过程里，可能不见得会遇见所谓的自己，
因为这世界上的你只有一个，
但你一定会在这路上发现自己存在于这世界上的价值。

你活着，就是最好的证明。

嘿，亲爱的朋友，
如果知道自己走得比别人慢，
那明天我们就早一点出发。

尼泊尔的大地有着无限的宽容，
让人可以滞留一些东西在这，
希望这辈子永远都不要赎回。

一日哲学

“我准备登机了。”

“到了记得报个平安啊。”

在和静恩传完信息后，我的心情其实有一点复杂，除了有点担心她自己一个人远行（因为她没有一个人远行过），而且英文不好的她从小就非常害怕无法沟通的状况，所以每次都是我出面帮忙解救。但主要原因是前几个月，某次吃饭时我们有点起了小争执，因为在她结束恋情的这半年以来，虽然她都尽可能表现出若无其事的样子，但你从她的眼神和语气里多少都感觉得到她难以掩盖的悲伤，因为实在是不知道该如何开头安慰她，我只能等待任何可以衍生到关于她“真实心情”的这件事的话题出现。

就在她提到了最近的生活计划时，我建议她或许可以再去旅行一次，但静恩不是很领情地说：“上次那趟旅行后，我并没有觉得有什么太大的改变。”

我有点不悦地回答她，旅行或许只是个媒介，但重点在于你要打造你心里面的那段旅程。静恩听了反而语气冰冷地回我：“你不要总是说得像是贴在墙壁上的心灵小语好吗。”不知道是不是当时还没吃饭血糖有点低，一时理智线断掉的我便开始说起了自以为是的人生哲学：“就像你每天出门一样啊，你选择今天想穿的衣服和想去的地方，而这种能力是可以培养的，你渴望在陌生的事物上得到救赎，那就得先从心里面开始啊。”

静恩有点激动地说她有在尝试，我说那就是问题所在，不要再“尝试”了，你就去一个陌生的地方，放弃所有的念头，或许你才有机会放下吧。后来服务生将菜端上了桌，这个话题也就此打住。

几个月前我在葡萄牙的波尔图寄了封明信片给静恩，其实本来只是想把一直没好好说出口的安慰，借由那封简单的信说出来。但我真的没想过她会因此而出发，明明这本该是一段她需要按照自己的节奏厘清的问题，反而变成了我在逼迫她。会不会是我逼得太急才让她作出了这个决定？虽然这么想，但还是打从心底里替她开心，甚至是有点羡慕她的勇敢。每当我看见身旁的人奋不顾身地去面对自己害怕的事时，我也会想，如果有一天换作是我，我真的也可以和他们一样，那么勇敢地去面对自己曾经最害怕的事吗？

某天，静恩在波尔图传了张照片给我，是我非常想念的烤鳕鱼料理，她后来又发了几张和食物的自拍照想让我讨厌她，但照片里那个笑得如此简单的她，是我好一阵子没见过的模样，在台湾的我还是羡慕得跟着笑了出来，于是我问了她明天计划要去哪，她说没有计划，其中有一段话我印象非常深刻，她说：

“现在的我谨守一日哲学，虽然我不知道明天会发生什么事，但只要能活在当下，那些未知便变得不再让人感到恐惧，或许某天我会忘了今天所发生的事情，但那并不代表今天一点都不重要，因为从今天开始，我会尽可能去把握每一刻我曾忽略的事。”

那天我想，或许真正的放下便是如此吧，如果你勇敢到抛下一切熟悉的事物，展开了一趟寻觅内心真相的旅程，并视途中所发生的任何事情为你的人生导师，面对过去和原谅自己，真相或许就离你不远了。

后记

“我不知道接下来的日子会怎样。”这句话是我人生中最彷徨却也最有趣的一句话，令人感到不安的是，我们都不知道未来的日子长什么模样，还会遇到多少坏人、坏事，那些不可预测的过程和结果到底还要再发生几次才肯善罢甘休。一道道难以解开的题目环绕着你，没人可以给你保证这样的日子要到什么时候才能结束。最讨厌的是，别人试着要告诉你的，其实你也都知道，但就是无法如他们口中所说的那般轻松，放下一切。

所以有些人开始试着逃离现场，用其他看似合理的方式去解开这道难题，例如旅行。

越远越好，总觉得自己可以去到一个很远的地方，远到你可能再也不会去到的地方，把那些事或是那个人留在那里，你再继续向前走。

我也试过这样的方式，但并不是每次都能奏效，因为有些事情不是换了个环境就能消失的，那些急着将它放下的往往早已深深烙印在心中，你就像拖着残破伤口的人，想试着远离那命案现场的封锁线，但无论你走得多远，它都围在你身旁。

对我来说，无论当时有多么绝望，如今的我却将那些血淋淋的过程给写了下来。那时候的我想着，只要咬着牙坚持，一定走得过来，只是时间长短的问题。所以时间一年又一年地过去，我也一遍又一遍地反复练习着，原来，面对彷徨和放手也是需要练习的。

无论今天的你多么绝望，明天终究会来，我就陪你走到这了，接下来的日子里，不要忘了答应自己要做的事，也别忘了承诺自己要去的地方，无论还有多远，不要害怕，相信自己就像我依旧相信你一样。

你的倔强有你的勇敢，你的孤独，虽败犹荣。

期待未来那些即将发生在生命中的新故事。期待我们都能被这世界温柔相待。

特别感谢

这次旅程，我想特别感谢陪我一同上山下海拍照的MO & Even Chen，你们总是能拍到我最自然的一面。谢谢二姐美味的三餐照顾，让我们省了好多旅费。谢谢蛋糕小姐在台湾为我们遮风避雨。谢谢 Eva 美国行的协助。最后再次谢谢台湾 agnès b. 的小道和他的团队。

还有谢谢此刻的你。

图书在版编目(CIP)数据
这个世界，我知道有你在 / Peter Su 著. -- 北京：
现代出版社，2019.1
ISBN 978-7-5143-7525-1

Ⅰ. ①这… Ⅱ. ① P… Ⅲ. ①随笔—作品集—中国—
当代 Ⅳ. ① I267.1

中国版本图书馆 CIP 数据核字 (2018) 第 264372 号

版权登记号：01-2018-7318

这个世界，我知道有你在

作　　者：Peter Su
责任编辑：杨　静
出版发行：现代出版社
通信地址：北京市安定门外安华里 504 号
邮政编码：100011
电　　话：010-64267325　64245264(传真)
网　　址：www.1980xd.com
电子邮箱：xiandai@vip.sina.com
印　　刷：北京瑞禾彩色印刷有限公司

开　　本：880mm×1230mm　1/32
印　　张：6.125　　字　　数：148 千
版　　次：2019 年 1 月第 1 版　　印　　次：2019 年 1 月第 1 次印刷
书　　号：ISBN 978-7-5143-7525-1
定　　价：45.00 元